D1689698

P

Gabriele Wohmann

Fahr ruhig mal 2. Klasse

Geschichten von unterwegs

Pendo Verlag Zürich

Inhalt

Anarchie	7
Wer kann mir helfen?	14
Stehts endlich in der Zeitung?	38
Fahr ruhig mal 2. Klasse	44
Männer haben Ideen	58
I never smoke Germans	65
Stilles Wasser	77
Die Kinder am Meer	83
Die Spange	102
Es ist nicht gut genug	107
Es nützt ja doch nichts	113
Zu Thomas Mann fiel ihr nichts ein	124

Hidden Creek Ranch   132

Kipper   151

Die allerkleinste Infektion   169

Immy's Extra   177

Anarchie

Der säuberliche, blasse, auf eine veraltete Weise noch junge Mann (er ist vom aussterbenden Stamm der Mantelträger, könnte alles zwischen fünfundzwanzig und vierzig sein), anfangs obenauf, wird von der fahrlässigen, älteren Frau, die trotzdem jünger als er wirkt, zunehmend in die Enge getrieben; für ihn am unangenehmsten ist, daß sie sich überhaupt nicht anstrengen muß, die Ruhe zu bewahren, er aber muß das. Beinah amüsiert und so, als studiere sie ein drolliges, jedoch nicht attraktives Untersuchungsobjekt, stellt sie jetzt fest: Ich bin sicher, Sie behaupten das nur, weil Sie sich bewußt auf diesen Platz gesetzt haben und damit alles seine Ordnung hat. Damit alles gesetzmäßig ist. Sie sitzen richtig, ich sitze falsch.

Denken Sie doch, was Sie wollen. (Er ärgert sich, das ärgert ihn.) Und was macht sie? Sie lacht. Sie liest wieder ein paar Zeilen in ihrem Buch, sagt, ohne aufzublicken: Ich denke, was ich denken muß. Denn daß es Sie wirklich stört, wenn ich diese eine Zigarette rauche, kann ich mir nicht gut vorstellen. Sie blickt auf, ihr gelingt es, ihn vergnügt zu betrachten. Sie und ich, wir sitzen glücklicherweise in einer Distanz von circa vier Metern voneinander entfernt. Sie können diese Zigarette erst mit Zeitverschiebung und dann stark abgeschwächt überhaupt bloß riechen, von passivem Mitrauchen kann gar nicht die Rede sein.

Ich sehe keinen Diskussionsbedarf, sagt er. Hier ist Nichtraucher, mehr gibts dazu nicht zu sagen.

Aber eine Antwort bin ich Ihnen noch schuldig. Sie wollten liebenswürdigerweise wissen, ob ich jetzt rauchen müsse, und die Antwort lautet: Ja. Ja, ich muß jetzt rauchen. Die Frau klang sanft bestimmt und weiterhin belustigt. War richtig nett, sich nach meinen Bedürfnissen zu erkundigen. Offenbar hielt sie den Fall für erledigt, denn nun las sie wieder.

Sie haben mich falsch verstanden. Der Mann würde bald wirklich in seiner Gesundheit geschädigt, nicht durch die Zigarette der Frau, durch den Aufruhr seiner Nerven. Ihre Ironie ist fehl am Platz. Ich sitze hier richtig. Sie aber nicht.

Das hatte ich bereits bemerkt.

Sie verhalten sich nicht nach dem Gesetz.

Ja, wie ärgerlich, nicht wahr. Aber auch das habe ich selber bereits erwähnt. Und es könnte höchstens für mich ärgerlich werden. Einen Zugschaffner gibts in diesem Bähnchen nicht, doch stellen Sie sich vor, es käme ein Kontrolleur.

Sie lächelt wieder. Sie ist oben, er ist unten. Sie denkt, er verabscheut mich, Frauen wie mich ist er nicht gewöhnt, er läßt sich von seinem Instinkt zu den Frauen leiten, die auf ihn hören, bei denen er Oberwasser behält. Er denkt: Eine Kontrolle würde mir sogar Spaß machen, sie ist scharf drauf, sich im Dialog mit einem, der ihrer Arroganz nicht gewachsen ist, zu duellieren. Verrufen, süchtig, halbkriminell, ohne Respekt vor Hinweisschildern, erlaubt/verboten – kümmert sie nicht.

Sie denkt: Es ist fällig, seinen kläglichen Vorortbummelantenzug zu beleidigen und damit ihn. Hier residiert er vermutlich zweimal pro Tag, ringsum keine Gesetzesbrecher, ein Ordnungshüter ohne Funktion. Er kann vorerst überhaupt nichts denken. Sie sagt: Ich an Ihrer Stelle würde mit dem Auto fahren. Es sei denn, Sie fahren nicht Auto. Und Sie sind irgendwie umweltfanatisch.

Ich fahre Auto, und die Umwelt liegt mir am Herzen, jedem Einsichtigen sollte sie das. Schon denen zuliebe, die nach uns kommen.

Das Überleben der Menschheit ist mir egal.

Obwohl er weiß, daß sie das nicht beeindruckt, zwingt er einen resigniert-mißbilligenden Ausdruck in sein bisher so ungestraftes, unbeschädigtes Gesicht. Sie ergänzt, die Menschheit, pauschal betrachtet, wäre nicht das non plus ultra, kein Highlight. Sein Kopfschütteln heißt: Was für ein Unsinn.

Wenns in diesem einzigen Erste-Klasse-Achtel Ihrer blöden Regionalbahn kein Raucher-Separée gibt, was soll man da tun?

Ich sehe hier kein Problem. Es ist ganz einfach: In Nichtraucher-Abteilen wird nicht geraucht.

Der Mann ist längst neidisch, er lächelt nicht, aber die Frau kann es, lächeln noch und noch. Anzunehmen, daß er denkt, was sie denkt: Er ist stur pedantisch und nicht attraktiv und er langweilt seine ohnehin langweilige Freundin, einen Orgasmus verschafft er ihr nicht, und falls sie es merkt und er es ebenfalls merkt, unterstellt er, das wäre der Freundin lieber so. Er sortiert seinen Müll.

Ich öffne ein wenig das Fenster, obwohl meine Zigarette aus dieser Entfernung Ihrer Gesundheit auch bei geschlossenem Fenster bestimmt nicht schaden könnte.

Feindseligkeit bei der Frau wäre ihm lieber, aber sie bleibt mit Herablassung freundlich, außer, daß sie ungerührt und in ihrem Genuß anscheinend ungestört weiterraucht, was nicht freundlich ist. Er kriegt ein Erwürgungsgefühl, weil er diese Frau nicht bändigen kann. Die paar Freundinnen in seiner Karriere als männlicher Mensch hat er sich immer nach dem Gesichtspunkt seiner Fähigkeit zur Dominanz ausgesucht; eine nicht einzuschüchternde Frau überfordert ihn und widerspricht seinem Hierarchie-Begriff und seinem Ordnungssinn. Diese Frau ist die Fleischwerdung der Anarchie. Es wird nun außerdem zugig, und das mag er nicht, sein Haare geraten durcheinander. Er schüttelt den Kopf und sagt verdrossen: Ach, darum geht es nicht. Es geht hier überhaupt nicht um meine Gesundheit oder irgendwas sonst, außer daß hier Nichtraucher ist. Darauf kommts an. Manche Menschen haben sich das Rauchen abgewöhnt ...

Oh, Sie womöglich auch? Ich habe nicht bedacht, daß Sie eventuell Lust kriegen könnten ... ich meine, falls Sie es sich abgewöhnt haben und noch in der Anfangsphase sind.

Auch das tut nichts zur Sache.

Okay, Sie könnten bei dieser Distanz sowieso nichts Lusterweckendes riechen. Die Frau lacht. Es bleibt dabei, ich gefährde keinen, schlimmstenfalls mich selber und nur mich selber. Abgesehen davon, abgesehen von Bronchien, Lungen, Herzkranzgefäßen und wasnichtnoch, gefährde ich mich als Staatsbürgerin, Mitglied der Gesellschaft. Hm? Stimmts?

Ich verstehe nicht. (Habe auch nicht die Absicht, sagt sein feindseliger Ausdruck.)

Falls Sie mich anzeigen. Ich wüßte nicht, wie so was geht, aber Sie werden es sicher wissen.

Die Frau ist und bleibt vergnügt, etwas Schlimmeres kann sie ihm nicht antun. Eine Zeitlang schweigen sie, dann ruft sie halblaut: Hurra! Geschafft! Fertiggeraucht. (Der ausgedrückte Zigarettenstummel wird in den Abfallbehälter geworfen, wohin er nicht gehört.) Die Landschaft ist langweilig, sagt die Frau. Ist das noch der Rheingau oder schon die Pfalz? Oder keins von beiden? Alle diese Hügel und das Hellgrünliche mit Hellbräunlichem vermischt, ich wüßte nie, wo ich bin, hier prägt sich nichts ein.

Er denkt, was sie denkt, daß sie weiß, die Gegend ist ihrem Ruf nach lieblich und anziehend und es ist außerdem seine Gegend. Er steht auf. Demnächst muß er aussteigen. Er ist kein spontaner Typ, der Unüberlegtes riskieren würde (vor kurzem ist er aus der Kirche ausgetreten, aber erst nach einer Besprechung mit seinem Steuerberater und weil er nun statt der Kirchensteuer gezielt Geld für Spenden ausgeben kann), wenn er aufsteht, bedeutet das, daß er wirklich bald am Ziel ist, er würde nicht impulsiv an der verkehrten Station aussteigen, auch nicht bei größter Not durch die Frau. Er knöpft seinen braven grauen Mantel bis oben an den Hals mit Schal zu, er ist mitleid- und furchterregend gehorsam, anständig, nie würde er es schaffen, nicht unter dem Druck eines noch so großen Bedürfnisses, ein Verbot zu übertreten, nie.

Ich dachte, sagt er im Vorübergehen zu der Siegerin dieses viertelstündigen Matchs, ich dachte und hoffte, in Deutschland herrschten noch Prinzipien.

Ja, seufzt die Frau, ein furchtbarer Niedergang, nicht wahr?

Er blieb an der Schiebetür zum Vorraum stehen, dafür hatten sie beide keine Erklärung.

Die Frau sagte: Das mit den Prinzipien wäre wunderbar, wenn es sich bloß um die wirklich freundlichen und netten Prinzipien handeln würde.

Nette Prinzipien, das ist verrückt. Er sah die Frau nicht an, er redete nicht in ihre Richtung, als hätte er endlich einen ihm angemessenen Gesprächspartner entdeckt.

Die Prinzipien der Freundlichkeit, sagte sie. Ich sorge meistens dafür, daß ich nicht abends mit schlechtem Gewissen im Bett liege ... ich will also nicht schlecht einschlafen, weil ich möglicherweise taktlos mit Ihnen umging. (Kleines Lachen, sie ist das Chaos und kennt sich raffiniert darin aus.) Aber ich war nicht die Taktlose, nicht ich. Gut, ich habe geraucht ...

Gut, ich habe geraucht, äfft er sie nach.

Und das war nicht in Ordnung, fährt sie ruhig fort. Aber lieblos war ich nicht. Nicht ich. Ihnen gings immer nur ums Prinzip –

Ich würde nicht *nur* sagen.

Wissen Sie (er war so unachtsam und hatte zu ihr hintergeblickt, und sie wagt es immer noch, ihn anzulächeln), ich lese hier über die Barmherzigkeit. Henry James sieht in der Barmherzigkeit vor allem andern auch den Selbstschutz. Sie sollten das bedenken, Sie sollten wirklich an Ihre Gesundheit denken, der die Zigarette nicht primär geschadet hat, sekundär aber doch. Ich zum Beispiel, ich schütze meine Nerven vor Ihrem feindlichen Gesicht und Ihrem Haß auf mich. Sie lacht. Und Sie schütze ich auch. Ich schütze Sie vor ein paar Charakteristika, die mir zu Ihnen einfallen.

Besten Dank. Ich tue das gleiche.

Übrigens, falls Sie gläubig sind, wäre alles halb so schlimm. Wenn Sie es sind, ist alles in Ordnung, Luther verspricht's. Sogar uns beiden verspricht ers, man solls nicht glauben. (Jetzt grinst sie, jetzt fehlt die Geringschätzung zum ersten Mal, etwas Komplizenhaft-Verschmitztes hat sie abgelöst und ganz getilgt, und er möchte eigentlich, schafft es aber nicht, sein Gesicht zu etwas wie einer Antwort auf ihres verziehen, doch, fast möchte er es, fast wirklich.) Sie sagt: Ihre guten Werke sind nämlich nichts wert, und meine, falls ichs getan hätte, das Nichtrauchen, wärens ebenfalls nicht gewesen, gar nichts wert. Was allein zählt, ist der Glaube. Der Glaube würde diese kleine scheußliche blöde Szene zwischen uns einfach durchstreichen.

Weil sie, als wäre ihr klar, daß von ihm nichts zu erwarten ist, wieder in ihrem Buch liest, ihn überhaupt nicht mehr beachtet, ärgert sie ihn wie die ganze Zeit über, ausgenommen die minimale Pause, in der er sich von ihr angenommen gefühlt hatte. Er schiebt mit einem Ruck die Tür auf, sie klemmt.

Und denken Sie an Barmherzigkeit als Selbstschutz.

Der junge ältliche Mann schüttelt nur wieder den Kopf, aber wenn sie nicht zuallerletzt gesagt hätte, schulmeisterliche Menschen würden sie immer und erst recht in den Widerstand treiben, wäre er etwas verändert ausgestiegen.

Auf ihren Trotzdem-alles-Gute-Wunsch reagiert er folglich nicht. Anzunehmen, daß, wenn es in dieser Nacht ums Einschlafen geht, er und nicht sie siegreich aus dem Match hervorgeht.

Wer kann mir helfen?

Aber das mache ich natürlich. Ich machs wirklich gern. Reg dich nicht auf, weder seinetwegen noch meinetwegen.

Marga telefonierte mit ihrer Freundin Beate, und während dauernd das Gefühl, etwas Besseres konnte ich überhaupt nicht erwarten, sich vom Kopf hoch unter der Schädeldecke bis zu den Fußspitzen richtig herumtrieb, dachte sie doch auch über eine diplomatische Struktur nach, denn ihre überschwengliche Freude brauchte sozusagen ein Stützkorsett. Völlig ungebremst sollte sie nicht an Beates kleine ordentliche Provinzwelt klatschen, nicht wie eine gewaltige Brandungswelle der Flut an den seichten Ebbestrand bei der Freundin. Es war geboten, sich ein wenig zu zügeln. Beate erzählte wieder von ihrem Neffen: Ein Kindskopf ist er bestimmt nicht, er ist wirklich selbständig und war auch der Liebling seines Profs, seine Examensnoten sprechen für sich, aber in der großen Welt kennt er sich nun mal nicht aus, und deshalb sagte ich, wir haben ja Marga, sie könnte sich um ihn kümmern, ein bißchen ein Auge auf ihn haben, und das hat Elisabeth höllisch beruhigt.

Elisabeth Birnbaum war Gebs Mutter, Geb hieß eigentlich Gebhard, wegen eines Patenonkels, aber der Name gefiel weder ihm noch sonst jemandem, und deshalb nannte er sich Geb, alle nannten ihn Geb, und Geb war das Wunder geschehen, sofort nach seinem Universitätsabschluß eine

Stellung zu finden. Er würde in der Marketing-Abteilung einer amerikanisch-deutschen Computerfirma zunächst als Verkäufer von Computerschulen arbeiten, soviel Marga verstanden hatte, und besser hatte sie verstanden, daß diese Tätigkeit zwar nicht die Fortsetzung seines Studiums – Geisteswissenschaften – bedeute, aber trotzdem natürlich bei der gegenwärtigen Marktlage ein großer Glücksfall sei. Was Geb vor allem an diesem Job begeisterte, war die Bedingung, sofort und für mindestens zwei Jahre bei einer der Filialen in den USA anzutreten. Weswegen, um es ihrer Schwester Elisabeth abzunehmen, Beate mit ihrer Freundin Marga telefonierte, ein Gespräch über den Atlantik hinweg. Marga lebte schon im fünften Jahr in diesem schrecklich gefährlichen Amerika, wovon Florida zur Zeit – die Touristenmorde! – vielleicht der allergefährlichste Staat war, und dorthin würde man Geb ziehen lassen müssen, jedoch: genau dorthin hatte es vor viereinhalb Jahren eben auch Marga verschlagen. Sie war damals einem Mann nachgereist, den sie zwar nicht liebte, aber sie hoffte, bei ihm unterzukommen, denn er hatte behauptet, er brauche sie. Eigentlich litt Marga nicht darunter, daß der Mann sich offenbar in seinem Bedürfnis getäuscht oder sie angelogen oder alles nicht so ernst gemeint hatte, denn sie wurstelte viel lieber für sich allein herum, und der Gedanke, mit einem Mann zusammenzuleben, *richtig*, womöglich nach seiner Zeiteinteilung und nachts in einem gemeinsamen Schlafzimmer, kam ihr mittlerweile geradezu widerwärtig vor. Aber damals war es wirklich um Versorgung gegangen. Außerdem um Flucht: Von Unterschlagung konnte man eigentlich nicht sprechen, nur ein bißchen was hatte sie in vorsichtiger Dosierung beiseite geschafft, für ihre hohe Kante, wie sie dazu bei sich sagte und wobei sie überhaupt nicht von schlechtem Gewissen belästigt wurde, und auch von keinem Verdacht. Doch dann spürte sie fast wie mit ihrem Geruchssinn einen Schwelbrand, der sich in dem mittleren textilverarbeitenden Betrieb ausbreitete und anfing, gegen ihren Buchhalterinnenschreibtisch zu züngeln, der Prokurist verlangte Akteneinsicht, die Sekretärin schrieb eine Anwalts- und Buchprüfungssozietät an, und ehe ihr Arbeitsplatz Feuer finge, ließ Marga sich krank schreiben, Rückenschmerzen hatte sie tatsächlich, wenn auch sehr leicht erträgliche, und weil sie zwar ein Typ Mensch war, dem grundsätzlich nur eine beinah langweilige biedere Redlichkeit zugeschrieben wurde, aber als Arbeitnehmerin mit chronischer Kränklichkeit nicht mehr sehr attraktiv, ließ man sie anscheinend nicht ungern ziehen. Es gab sogar eine kleine Abschiedsfeier für sie, und sie wurde zum ersten Mal seit Arbeitsantritt in diesem Betrieb bewundert, etwas ungläubig, aber doch bewundert, weil sie der Liebe wegen gekündigt hatte.

Ich nehme ihn unter meine Fittiche, sagte sie Beate zu. Bei ihr war es Abend, Beate hatte sich, um die Freundin nicht zur unangemessenen Zeit zu stören, entsetzlich früh aus dem Bett gequält. Es wird zwar ein paar Probleme geben, aber er könnte zum Eingewöhnen sogar bei mir wohnen.

Mit Geb wars was ganz anderes als mit dem Mann, für den sie alles hinter sich gelassen hatte: Margas melodramatische anrührende Charakterisierung ihrer Emigration. Sie lechzte danach, von anderen Menschen gebraucht zu werden. Für sie eine Bedeutung zu haben. Auf Anzeigen wie die neulich, *Wer kann mir helfen?*, reagierte sie schleunigst telefonisch. Ganz selten mit Erfolg, denn Botengänge und Hausarbeiten waren es nicht, wonach sie suchte, aber gelegentlich schrieb sie für Leute Briefe, wobei sie auf private Post spezialisiert war, ein Glücksfall war die Mutter, der sie nach dem Leitmotiv *Bitte verzeih mir* nach einem Haufen schöner herzbewegender kluger Briefe die verlorene Tochter wieder zuführen konnte (es hatte eine nette Abendessens-Party mit Tanz zur Versöhnungsfeier, aber keine Enthüllung von Margas Rolle in diesem real gewordenen Schundroman gegeben), und leider starb kürzlich die großzügig Stück für Stück aus ihrem Besitz verschenkende reizende alte Dame, der Marga zweimal wöchentlich je drei Stunden lang aus *Reader's Digest* und *Womens Own* und dem *National Geographic* vorgelesen hatte, doch neulich, bei ihrer Rückfrage auf *Wer kann mir helfen* hin, suchte ein junger Mann eine Praktikantenstelle im EDV-Bereich, und da konnte sie natürlich nicht helfen. Zu schade, er klang so nett, seine Stimme hörte sie noch lang und auch jetzt wieder, als sie sich Geb und ihre Bemühungen um ihn ausmalte. Sie liebte das Helfen, wirklich, nur hieß die Grenze Intimität, oder Distanz, je nachdem, es lief auf ein und dasselbe hinaus. Gewiß brauchte sie die Abhängigkeit anderer von ihr genauso dringend wie ein Reservat, in dem sie ganz und gar für sich allein schalten und walten konnte. Das ließe sich mit Geb wundervoll einrichten.

Sie erfuhr, für Gebs Wohnung sei bereits gesorgt, die Firma habe ein *apartment* für ihn angemietet.

Marga fühlte sich plötzlich ausgehöhlt, ihr Kopf kam ihr wie ein im Innern abgeschabter Halloween-Kürbis vor, und gleichzeitig schlug ihr Herz langsamer oder vielleicht für eine Weile überhaupt nicht mehr. Sie gab ihre Antwort unüberlegt: Dann will ich bloß hoffen, daß er nicht am *Exit twenty-seven* wohnt, oder in der *Second West*, oder *Seventeenth*, ebensowenig sollte es beim *Lockwood Drive* sein. Was die Gegend um den *Intercostal* betrifft ...

Eine Atempause. Sie hatte sehr schnell gesprochen und bis auf den *Exit twenty-seven*, an dem garantiert Gebs Firma für ihn kein *apartment* angemietet hätte, waren ihre übrigen Ortsangaben frei erfunden. Marga kam nicht oft in die Stadt. Genaugenommen war sie jetzt sicher länger als ein halbes Jahr nicht mehr aus ihrem sicheren *County* herausgekrochen. Für ihren Lebensradius genügte das *County*, in dem ihre Wohngegend, die winzige *Crest Bay*, wie eine verschlossene Muschel in ihrer sandigen Mulde eingebuddelt war. Die *Bay* sah man von Nr. 786, *East San Antonio Boulevard*, aus keinem einzigen Fenster ihres kleinen Bungalows. Der Bungalow war außen mit horizontal liegenden, sechzig Zentimeter breiten Latten verkleidet, und die Latten würde sie demnächst neu streichen lassen müssen. Marga wollte das wirklich. Sie liebte das kleine Haus, als wäre es ihr eigenes. Sie bezahlte dem Mann, dem sie nachgereist war, keine Miete, denn sie hielt sein Schuldgefühl ihr gegenüber am Sieden. Hellblauer Anstrich? Hellblau wohnten Schwarze und Puertoricaner und Mexikaner oder Leute aus Kuba. Sandfarben waren die Latten, wenn auch angeschmutzt. Wie wärs mit Gelb? Sie überlegte schon lang daran herum und kam doch immer wieder auf Hellblau, es müßte eben ein sehr sehr hellblaues Hellblau sein, so wie sie es in Conneticut gesehen hatte, und zwar an richtigen *Villen*. Mit dem Mann, dem sie nachgereist war, brauchte sie wegen des Anstrichs nicht einmal zu telefonieren. Sie brauchte ihm bloß die Rechnung zu schicken, an ein Postfach, nicht nach Haus. Der Mann war verheiratet, und seine älteste Tochter verwöhnte ihn mit einem Enkelkind. Marga hatte das aus zweiter Hand. Es machte ihr nicht das geringste aus, jetzt längst nicht mehr. Aber daß Geb, ein hübscher junger Mann mit dunklem gewelltem Haar und kleinen Gregory-Peck-Augen, erklärte, er wolle eigentlich nur *Guten Tag* sagen, Unterstützung benötige er bis jetzt nicht – höflich höflich, dieses *bis jetzt* –, das machte Marga sehr viel aus. Sein *apartment* nannte er supermäßig.

Marga kränkte jedes Wort, und es drängte sie, ihm beizubringen, was für ein ahnungsloser Provinzler er sei. Übrigens hatte er beinah vierzehn Tage bis zu seinem Anstandsbesuch ins Land gehen lassen. Das gefiel ihr auch ganz und gar nicht. Außerdem: Anstandsbesuch, was sollte denn das heißen? Beate hatte den Neffen, um den berechtigten Besorgnissen seiner Mutter eine handfeste Beruhigung entgegenzusetzen, bei ihr als Neuling, als einen Anfänger annonciert, und Marga sah in ihm ihren Schützling. Der sich nun, artig, aber nicht, als wolle er lang verweilen, zurückgelehnt, in seinem Sessel von Marga mit einem Eistee bewirten ließ und ab und zu auch Erdnüsse aus der kleinen Schale mit dem durchs rötliche Glas schimmernden Muschelsplittermosaik pickte, wechselweise mit einem Erdnußbutter-Cracker aus der anderen, gelblichen Muschelmosaikschale, die an ein aus helleren Fleischingredienzen fabriziertes Aspik erinnerte.

Fahren Sie bloß nie beim *Exit twenty-seven* raus, Sie wissen schon, Geb, vom *Highway Airport*-Stadt, da unten liegt *Owertown,* und es ist eine üble Gegend.

Marga fiel nur immer wieder dieser *Exit twenty-seven* ein, von dem sie gelesen hatte, und wenn man bei den Jugendlichen, die da unten herumlungerten, landete, Leuten mit Kopftüchern und Turnschuhen, dann war man verloren. Aber Geb lachte nur und *Exit twenty-seven* bedeute für ihn nicht die geringste Gefahr, weil er dorthin selbstverständlich niemals kam. Manche Vororte sehen harmlos aus, sie haben überall viel Grün, aber das Grün, es täuscht, sagte Marga. Und sorgen Sie für doppelt und dreifach gesicherte Türen. Haben Sie wenigstens eine Alarmanlage? Was für eine törichte Frage, dachte Marga sofort. Geb bewohnte ein *apartment* in einem der großen Apartmenthäuser, und selbstverständlich verfügte nicht jedes einzelne *apartment* über eine Alarmanlage. Das einzige, wovor mein Taxifahrer sich fürchtet, ich meine der, mit dem ich nach meiner Landung in die Stadt fuhr, das ist die *speed violation*. Und wirklich, an jeder Straßenecke stehen ja die *cops*, ihre Radarpistolen im Anschlag. Geb lachte, und Marga ärgerte sich darüber, wie selbstverständlich er die englischen Ausdrücke verwendete. Der Junge war ja längst verdammt gut eingelebt.

Täuschen Sie sich nicht, warnte sie ihn, der von den Radarpistolen und der über die Geschwindigkeitsbeschränkungen wachenden *cops* auf ihre ebenbürtige Qualifikation bei der Verbrechensverhütung schloß. Sie fand, sie habe sich matt angehört, und sie suchte nach einem Einfall, fand keinen, wiederholte, Geb solle sich nicht täuschen. Dann aber erfand sie die Snyders. Die Snyders in ihrer Kurzgeschichte für Geb zogen zur Zeit zum siebten Mal innerhalb eines knappen Jahres um, nach sechs Wohnungseinbrüchen. Eine Phantasie ergab bei Marga meistens die andere, oft wurden wahre Kettenreaktionen aus der ersten Inspiration, und nun erzählte sie Geb, der gemächlich lächelte und ohne Begeisterung an seinem Eistee nippte, von Mona und Jeff Meyers, die kürzlich zum werweißwievielten Mal überfallen worden waren, Jeff sogar – *und er ist ein kräftiger junger Mann, kein tattriger Opfertyp* – am hellichten Tage.

Also, mein lieber junger Freund, die Gangster hier, die kennen nichts. Sie brauchen Geld, Sie wissen schon, Drogen, und bekanntlich würden sie für Drogen ihre eigene Großmutter abschlachten ... um wieviel eher einen Fremden.

Ja ja, übel übel. Aber machen Sie sich um mich keine Sorgen. Ich wohne in der Umgebung des *Overseas Highway*, drei Blocks weg vom *Ocean Resort*, das ist ein sehr sicheres Gebiet, und ich muß gestehen, daß ich mich vom ersten Moment an sehr sehr wohl gefühlt habe.

Marga ärgerte sich ununterbrochen und wußte nicht genau, warum. Soviel vom Anteil des Ärgers verstand sie: Geb brauchte sie nicht. Sie hatte sich darauf eingestellt, ihm als Lehrmeisterin in allen Fragen und – hoffentlich! – Nöten unentbehrlich zu sein, und damit wars nichts. Sie war ja sogar bereit gewesen, ihm in ihrem Bungalow Unterschlupf zu gewähren, sie! Die so gern zwischen ihren paar Terminen und Pflichten – die Post, die sie für andere erledigte, erforderte auch Hausbesuche, oder die Leute kamen zu ihr, und es bahnte sich eine neue Kundschaft fürs Vorlesen an, wieder eine hochbetagte Dame – ganz unbeeinträchtigt von den Bedürfnissen einer anderen Person durch ihren Tag bummelte! Gut, darüber empfände sie wohl mit der Zeit Erleichterung. Geb würde nicht bei ihr einziehen. Aber daß er das niemals zu tun begehrt hatte, das hielte sich als Kränkung. Geb, der sich immer noch nicht gemütlich im Sessel zurücklehnte, erzählte höflich von netten Kollegen, und Marga kam in den Sinn, daß er ihren Eistee vermutlich langweilig fand und deshalb so augenfällig auf dem Sprung saß.

Wir könnten auch was Gescheites trinken, schlug sie vor und setzte ein verwegenes Lächeln auf. Sie wußte, wie sie dann aussah: nicht übel. Sie sah überhaupt für ihre siebenundvierzig Jahre nicht übel aus, wenn sie etwas gegen den Eindruck von gutbürgerlichem Biedersinn unternahm, ein Eindruck, der die Leute täuschte und von dem sie in ihrer kleinen Untreueaffäre damals in der Firma profitiert hatte.

Aber Geb wollte nichts *Gescheites* zu trinken, falls seine Gastgeberin darunter etwas Alkoholisches verstände, und das tat sie. Er hatte am Abend noch was vor, brauchte einen klaren Kopf. Verdammter Langweiler, dachte Marga, aber er gefiel ihr leider, und sie dachte es bloß, um ihn zu strafen, denn sie empfand, wie prinzipiell er sie ausschloß, schlimmer: Er war nie auch nur auf den Gedanken gekommen, sie wäre in sein neues gefährliches amerikanisches Leben einzubeziehen. Insofern war der Ausschluß kein Ausschluß.

Ich war sogar schon Hochseefischen. Geb lachte. Hochseefischen wie beim alten Hemingway, so ähnlich lautet das Angebot zur Teilnahme an diesen Trips. In der Gegend von Islamorada.

Alles schon mitgemacht, in der kurzen Zeit, die Sie hier sind? Marga mußte den Plan verwerfen, ihm ihre Strandgutsammlung zu zeigen. Wenn Geb sich für Hochseefischerei begeisterte, fände er ihre Sammlung, aus der sie Mosaiken erarbeiten wollte, bestimmt lächerlich langweilig.

Oh, so kurz bin ich ja nicht erst hier. Geb sagte, er müsse gestehen, bisher einfach nicht dazu gekommen zu sein, Marga seine Aufwartung zu machen. Alles sei so spannend und neuartig gewesen …

Marga hörte nicht mehr richtig zu. Allerdings gelang es ihr, Geb ziemlich scharf zu erklären, als *Geständnis* brauche er nicht zu benennen, daß er erst heute bei ihr aufgekreuzt sei. Die Beleidigung saß. Diese Tagestörns mit den hochseetauglichen Sportbooten kosteten eine Menge Geld, hundert Dollar, soviel Marga wußte. Geb genoß seit vierzehn Tagen ohne jede Schutzbedürftigkeit und Anleitung die Freuden der Gegend, und heute erst sagte er ihr *Guten Tag.*

Glasklar ist das Wasser, zehn Meter hellblaue Tiefe, und ziemlich sofort hat uns der Skipper eine gewaltig große Meeresschildkröte gezeigt.

Ich weiß, ich weiß. Marga gab sich erfahren. Ich war vor Jahren auch mal mit draußen auf hoher See. Das entsprach den Tatsachen nicht, doch lohnte sich die kleine Schummelei, denn Geb lächelte sozusagen von oben nach unten und wieder nach oben ihre gesamte Gestalt an, und seine Gregory-Peck-Augen blinkten dazu, ganz offensichtlich war sie in seinen Augen eine andere Frau geworden. Meeresschildkröten kannte sie gut aus dem Zoo. Den hatte sie eine Zeitlang beinah täglich mit einem feinen alten Herrn besucht, einem Zoobesuchfanatiker. Marga holte ihn ab, sie fuhren zum Zoo, blieben zwei Stunden, sie kehrten zurück, und der alte Herr ruhte sich sofort aus, er war ziemlich taub, und während Marga ihm seinen Tee bereitete, blieb genug Zeit – bis das Wasser kochte, der Tee gezogen hatte und abgegossen werden konnte –, aus der mit Büchern, Bildern, Kunstgegenständen vollgestopften Wohnung kleinere Gegenstände zu kassieren, einmal hatte Marga sogar einen kolorierten Stich mit der Ansicht Dovers vom Meer aus von der Wand abmontiert, wertvollere Bilder waren oben und unten angeschraubt, nicht einfach nur aufgehängt, aber die Aktion war Mühe und Nervenkitzel wert gewesen, Kreidefelsen und Brandungswellen, alles drauf. Meeresschildkröten konnte Marga gut beschreiben. Eine Miniaturmeeresschildkröte, diese aus dem Besitz der alten Dame, der sie bis zu ihrem Tod aus Zeitschriften vorgelesen hatte, schmückte in Margas Eßzimmer den niedrigen Buffetwagen, Glaswände zwischen Mahagoniholzstreben, eine Erwerbung aus dem Räumungsverkauf eines Cafés, und außer einer lachhaft niedrigen ersten Rate hatte Marga nichts gezahlt, und bis zum heutigen Tag war keine Mahnung gekommen, anscheinend eine in Vergessenheit geratene Angelegenheit. Der Cafébesitzer, der aufgeben mußte, war Alkoholiker.

Es sind wundervolle Tiere, sie künden von lang vergangenen Zeiten, sagte Marga, und wie immer, wenn sie sich in eine Sache vertiefte, füllte sich ihr Geist mit Visionen, Phantasien. Sie beschrieb die paddelnden kurzen Bewegungen der schaufelartigen und händchenartigen Schildkrötenbeine im Wasser, und schaute förmlich zu dabei. Sie *sah* ihn, den blinzelnden trägen, in ihre eigenen Seelenuntiefen bohrenden Blick des Tiers, das über sie schrecklich gut und trotzdem ganz gelassen Bescheid zu wissen schien, und beschrieb ihn. Durch diesen Blick fühlte Marga sich um so viel hintergründiger verstanden als jemals zuvor, etwa von Pastor Klewitz in früheren Tagen noch auf dem alten Kontinent, oder während ihrer Versuche, bei Doktor Blaubeer-Wallace eine Psychoanalyse mitzumachen. Und doch erschreckte sie der Schildkrötenblick. Er war ohne jegliche Moral. An all das dachte sie, während sie vermutlich Geb allmählich doch imponierte, sie sagte Poetisches über die Meeresschildkröten: Noch die kleinen, oder *schon* die kleinen Jungtiere sehen uralt aus, als wären sie nicht von ihren Eltern frisch hervorgebracht worden, sondern aus einer Jahrtausende zurückliegenden Epoche plötzlich aufgetaucht. Nicht wahr? Und haben Sie je eine am Strand gesehen? Sie torkeln, als wären sie betäubt, und ihr ockerbrauner Panzer ist mit Algen und Tang bewachsen. Pflanzen scheinen sie gar nicht für *Lebewesen* zu halten, ich meine diese Algen und der Tang würden Fische nicht so behandeln, niemals, sie lassen sich einfach auf den Schildkröten nieder, siedeln sich auf ihnen an wie auf Steinen, wie Kletterpflanzen auf Gartenmauern. Marga lachte Geb ein bißchen duselig zu, ihre Imaginationskette riß ab. Mit andern Worten: Zur Meeresschildkröte fiel ihr im Moment nichts mehr ein. Sie sandte an den jungen, leider verdammt selbständigen Mann einen duldsamen Blick ab, Adressat: Greenhorn, du wirsts schon noch erfahren. Absender: Eine Eingeweihte, auf die man besser nicht verzichten sollte.

Ja ja, diese *turtles*, sagte Geb etwas lahm. Aber die sind nicht das Ziel vom *deep sea fishing*.

Ein Massensport, seit längerem, sagte Marga kühl.

Ich werde bald wieder mal mit rausfahren. Diesmal haben wir die Objekte unserer Begierde meistens nur auf dem Radarschirm gesehen. Die Tiefseefische. Flüchtige Schatten, aber ein toller Eindruck wars trotzdem. Mannslange *Marlins*, Thunfische, *Red Snapper*, Schwertfische, auch Haie.

Nicht doch einen *drink*?

Danke, wirklich, tut mir leid. Ich brauche einen klaren Kopf, wissen Sie. Und ich habe Sie sicher schon zu lang aufgehalten. Geb machte Anstalten aufzustehen.

Marga tat so, als sei es wichtig, auf ihre Armbanduhr zu sehen. Sie hatte ein ovales grünes Zifferblatt und goldfarbene Zeiger und Zahlen, auch das Lederarmband war grün, und Marga hatte die Uhr bei Lonnie Harding, für die sie ziemlich viele hochkomplizierte Briefe in Sachen einer unglücklichen Leidenschaft Lonnies für einen abtrünnigen Liebhaber geschrieben hatte, auf der kleinen Kommode in

Miss Hardings Garderobe herumliegen sehen ... und so weiter, dachte Marga, die an den minimalen Aneignungsvorgang denken mußte, als sie sagte: Es stimmt zwar, daß ich nachher noch einen meiner Termine habe, wissen Sie, ich helfe Leuten, erledige dies und jenes für Leute in Schwierigkeiten, aber mir bleibt noch eine gute Stunde bis zum Aufbruch. Bleiben Sie noch ein Weilchen, aber nur, wenn ich Sie nicht langweile. Ihr Ausdruck sagte Geb: Nur Ignoranten wissen meine Gesellschaft nicht zu schätzen, und wer kein Vollidiot ist, würde bleiben, solang es geht. Aber Geb blieb sitzen, weil er höflich war, Marga war nicht dumm. Warum wollte sie den Jungen eigentlich halten? Eigentlich langweilte sie sich furchtbar bei seinen Erzählungen und immer kombiniert mit einem Ärgerlichsein, das ihr in der Magengrube lag wie zu viel und zu fettiges Essen. Wer wollte sich dieses *Deep-Sea*-Fischereilatein denn anhören? Wen interessierte das, das beidseits ausgeschwungene Fanggeschirr und die Angelschnüre, längs irgendwelcher Aluminiumruten, die jenseits der Bordkanten durch Ösen ins Meer liefen und zwei davon übers Heck gespannt ins Kielwasser, und wie sie mit feinem Gischt durch die See schnitten, und die schwere Dünung, als das Boot über einem Wrack kreiste, und daß es nur noch vielleicht knapp hundert Meilen waren bis Kuba, und die 1200 PS vom Boot, wen interessierte das? Marga sah zu, Geb mit ein paar eingestreuten Bemerkungen ein wenig in die Schranken zu weisen. Schließlich wars nicht nötig, daß er ganz und gar seine Rolle als Neuling vergaß.

Ein ungleicher Kampf, 1200 PS und die Fische. Das Boot und seine Ausrüstung und die Fische. Einwürfe dieser Art machte sie. Aber auch politische: Wenns mit Castro eines Tags aus wäre, Florida bekäme eine Menge Probleme. Es würde die Hölle, so hört mans von Sachverständigen. Man redet bereits vom Tag X, so wie seinerzeit Eisenhower für den D-Day vorbereitet war.

Geb sah endlich ziemlich beeindruckt aus, blieb aber fröhlich.

Die *claims* sind bereits abgesteckt. Marga hatte ein sonderbar arbeitendes Gedächtnis. Es gab Sätze, die sie beim Lesen gar nicht ganz verstanden und nicht einmal wichtig gefunden hatte, und die behielt sie. Und sie würde nie dahinterkommen, warum sie einzelne Autokennzeichennummern und die Zahlenkombinationen mancher Bundesstaaten jederzeit auswendig hersagen konnte und andere ganz und gar nicht.

Geb war bereits zu einem Ausflug in die Everglades verabredet. Palm Beach hatte er sich schon angesehen. Was war mit Disneyland? Geb war abgeneigt. Und nun müsse er sich wirklich verabschieden.

Weil es so heiß war, hatte Marga ihn natürlich daran gehindert, anstandshalber seine leichte Sommerjacke wieder anzuziehen: vor einer Stunde bei seiner Ankunft. Die Jacke lag noch immer dort lässig über einem der niedrigen Clubsessel, ein erfreulicher Anblick, aber mehr nicht. Dort im Erker, ein Raum, den Marga und ihr Gast nicht mehr betraten, nachdem sie ihm doch nur noch schnell ihren kleinen Garten vorgeführt hatte, in dem es immerhin außer einem Zitronenbäumchen einen rätselhaften Busch zu bestaunen gab, Marga sagte, es handle sich um ein Mangrovengewächs, was man an seinen wundervollen erstaunlichen Luftwurzeln erkennen könne, der Busch war wirklich ein Prunkstück, eine wahre Pracht, freiwillig und vergnügt willigte Geb in diese Beurteilung ein, und abgelenkt von Margas Bericht über die bedrohliche Abholzung und Vernichtung der Mangrovensumpfgebiete mit ihren Gewächsen – sie redete sich bis nach Thailand und darüber hinaus und sprach von der Habgier der Landgewinner und der Anleger von Garnelenzuchtgewässern: wieder etwas aus dem angelesenen Repertoire, das sie nicht sonderlich interessierte, aber im Gedächtnis behielt –, höflich abgelenkt und mit *Ahas* und *ist das so* und *schlimm schlimm* beschäftigt, vergaß Geb seine Jacke überm Clubsessel, Marga nicht, aber sie brauchten das Haus ja auch gar nicht mehr zu durchqueren, konnten außen herum durchs Gärtchen zum vorderen Grundstück gehen, von wo aus Geb nochmals einen freundlichen Blick auf den kleinen Bungalow warf und *sehr hübsch* sagte und sich dann der Straße und seinem bis jetzt noch bei Hertz-rent-a-Car geliehenen Auto zuwandte.

Vielen Dank für den Eistee und die nette Zeit mit Ihnen. Geb verabschiedete sich mit einem kurzen Händedruck und dem Lächeln, das er während der gesamten Besuchszeit angewendet hatte.

Wenn doch irgendwas sein sollte, ich meine, wenns ein Problem gibt, Sie wissen, wo ich zu finden bin, sagte Marga und dachte an die Jacke.

Mit der Jacke war nichts weiter anzufangen, aber das spielte überhaupt keine Rolle. Bis auf einen kleinen, nicht mehr ganz sauberen Kamm und ein unbenutztes Kleenex-Tuch waren die Taschen leer. Wirklich, Marga hatte keine Verwendung für die Jacke, und sie stopfte sie in ihren Kleiderschrank, es war wirklich nichts mit der Jacke anzufangen, nur allerdings das: Die Jacke war nicht mehr bei Geb. Er würde sie vermissen. Er machte die überfällige Erfahrung eines Verlusts mit, spät, aber endlich doch brauchte er Hilfe.

Margas Hilfe. Erste Hilfe hatte sie bereits geleistet, indem sie Geb seine erste negative Florida-Erfahrung verschaffte. Keine Minute zu früh und beinah schon zu spät. Marga verbrachte den Rest des Nachmittags gut gelaunt, einen Termin, aus Stolz angegeben, damit Geb nicht mitleidig dächte, sie säße nutzlos ihre Stunden ab, hatte sie nicht.

Am nächsten Tag rief Geb bei Marga in der Mittagszeit von seinem Büro aus an. Er klang höflich und guter Dinge wie gestern bei seinem Besuch: Hallo! Gehts Ihnen gut?

Fabelhaft, danke. Ihnen auch, hoffentlich.

Bestens, sagte Geb. Ich störe Sie doch hoffentlich nicht beim Kochen oder gar schon beim Essen?

Der stellt sich vor, daß ich da einsam rumsitze und mampfe. Marga blickte auf ihren Teller mit kaltem Huhn zwischen Salatblättern und einem aufgeschnittenen Ei, und zum Glück hatte sie den Mund nicht voll, als sie kühl antwortete: Den *lunch* vergesse ich meistens sogar. Wenn er mir einfällt, besteht er aus einem Yoghurt. Sie stören mich also gar nicht, Geb.

Um so besser, sagte Geb schwungvoll. Ich muß mich entschuldigen, weil ich in Ihren hübschen Erker fast so was wie einen Schandfleck hinterlassen habe. Er lachte.

Einen Schandfleck? Davon habe ich nichts bemerkt.

Meine Jacke, sie muß noch da liegen, das heißt, ich vermute, sie ist mittlerweile auf Ihren Garderobenständer gewandert. Geb fügte noch ein paar Artigkeiten hinzu, beispielsweise sei ihm aufgefallen, daß Marga eine ordentliche Frau sei, und derlei Unsinn mehr, und Marga setzte ein, als Geb nicht recht weiterwußte: Geb, tut mir leid, aber ich verstehe kein Wort. Ich weiß nicht einmal, wovon Sie reden. Stimmt irgendwas nicht. Kann ich helfen?

Es geht um meine Jacke, und ich muß sie ja wohl bei Ihnen liegengelassen haben. Übergangslos hörte Geb sich jetzt etwas gereizt an.

Sorry, Geb, tut mir wirklich schrecklich leid für Sie und für die Jacke – Marga schob einen spaßmacherischen Lachglucker ein –, aber hier gibts keine Jacke, ich meine, keine Jacke von Ihnen, nicht die, die Sie vermissen.

Das ist merkwürdig. Gebs Ton war diesmal schwer zu deuten. Mißtrauisch? Ein wenig, ja. Vielleicht mißtrauisch gegenüber seinen Erinnerungen. Vielleicht dachte er aber auch bereits über die einzelnen Stationen seines gestrigen Nachmittags nach und prüfte sich. Marga fragte engagiert und eindringlich: Haben Sie Ihren Tagesablauf genau rekapituliert? Wissen Sie, ich kann mich nämlich nicht einmal mehr dran erinnern, daß Sie eine Jacke anhatten.

Geb betonte jetzt Wort für Wort, wie ein Polizist, der dem Verdächtigen im Verhör Minute für Minute vorbuchstabiert, wie es zum Tathergang gekommen war: Im Auto hatte ich die Jacke nicht an, ich zog sie aber vor Ihrer Haustür an, als ich klingelte, und dann waren Sie so freundlich, mir anzubieten, die Jacke wieder auszuziehen, in Ihrem Haus wars zwar angenehm kühl, aber ich war erhitzt, und als ich nicht wußte, wohin mit der Jacke, nahmen Sie sie mir freundlicherweise ab, und dann haben Sie die Jacke einfach über einen dieser Sessel gelegt. Ich glaube sogar, ja das fällt mir jetzt ein, daß Sie gefragt haben: Oder muß sie über einen Bügel? Erinnern Sie sich jetzt?

Marga empfand sich längst nicht mehr als verheimlichende Täterin, sie war so vertieft in ihr Spiel der Unschuldigen, daß sie sich mit Mimik und Gesten so benahm, als schaue Geb ihr zu und müsse allein von der Ausdruckskraft der Körpersprache zur Überzeugung gelangen, er sei hier derjenige von ihnen beiden, der sich irrte. Es war ihr gelungen, ihn zu verwirren.

Das Ganze ist mir rätselhaft. Ich war so sicher, mich an alles deutlich zu erinnern. Geb murmelte wie für sich selber vor sich hin, wo und wann er die Jacke gehabt und dann nicht mehr gehabt hatte, er rief einzelne Augenblicke ab, und Marga schlug vor: Beginnen Sie mit dem Morgen. Und überlegen Sie, ob Sie abends ...

Alles geschehen. Geb wirkte trübe, schien es zu merken und sich dafür zu schämen, deshalb gab er sich einen Ruck und redete wieder wie ein Mann, dem die Angelegenheit so viel Theater und Aufregung nicht wert ist. Es war ja nun wirklich keine besondere Jacke, mich hat bloß irritiert, wie vergeßlich ich ganz offensichtlich bin. Muß ich ja wohl sein, schrecklich vergeßlich. Er lachte.

Machen Sie sich deswegen keinen Kummer. Anfängern hier gehts oft noch viel schlechter. Es ist das Klima, die ganze Umstellung, wissen Sie. Auf irgendeine Weise erwischts jeden, der hier neu ist, tröstete Marga, und sie glaubte, Geb könne in ihr hilfsbereites tolerantes Lächeln hineinschauen.

Entschuldigen Sie mich bitte, Marga. Ich war wirklich aufdringlich. Wieder lachte Geb, was ein bißchen störte. Gleich darauf entwickelte er einen bezirzenden Charme: Sie sollten wissen, daß ich beinah froh war, als ich merkte, die Jacke ist nicht da. Ich hatte einen prächtigen Grund, nicht nur einen Vorwand, Sie wieder zu besuchen, und schon bald.

Ich sagte Ihnen, Geb, Sie können mich jederzeit besuchen, und so bald wie Sie mögen. Margas Ton war gnädig und anheimelnd zugleich, fand sie, bestens gelungen, weit entfernt von Anbiederung. Routiniert setzte sie nach: Nur, bitte, bitte: voranmelden! Ich habs vielleicht nicht erzählt, aber ich werde enorm viel gebraucht, bin sehr oft auf Achse sozusagen.

Gemacht. Jacke hin, Jacke her. Geb erzählte noch, es hätten sich gestern abend, für den er diesen klaren Kopf gebraucht hat, dachte Marga eifersüchtig, neue Verabredungen ergeben, und in den nächsten paar Wochen sei er so ziemlich ausgebucht: Sarasota und die Golfküste rauf bis Tampa über Bradentown, St. Petersburg – überaus witzig, mäkelte Margas cerebrales Aufnahmeinstrumentarium, als *Geb hieß niemals Leningrad* scherzte –, und für später standen Jacksonville und dann die nördliche Atlantikküste mit Daytona Beach und wasnichtalles auf dem Programm. Daß er nun plötzlich doch Disneyworld erwähnte, kränkte Marga zweifach: Zum ersten, er wollte es kennenlernen, zweitens, schwerwiegender, er hatte ihren Vorschlag vergessen, mit ihm raufzufahren. Sie prägte sich die Daten seiner Ausflugsreisen ein. Weil dies wichtig war, schrieb Marga sie sich sicherheitshalber auf, eingedenk ihres eigentümlichen Gedächtnisses, das auf die unwichtigeren Botschaften spezialisiert war.

Marga hielt einiges von Symbolik, oder wie sollte man das nennen, daß sie den Zeitpunkt *Geb besichtigt Disneyworld* wählte? Sie packte alles, was sie benötigte, ins Auto und fuhr los. Den vorsichtshalber mitgenommenen Stadtplan brauchte sie gar nicht, sie oder ihr braver alter Buick, der sie nicht zum ersten Mal an einen treuen Hund erinnerte, einer von ihnen oder sie beide zusammen in Teamgeist vereint fanden sich durch die Strecke wie Schlafwandler, und in der Nähe des ansehnlichen Wohnblocks mit Gebs Apartment erwischten sie sogar eine Parklücke. Die Gegend war, wie Marga sich das vorgestellt hatte, in der glühenden Mittagszeit an einem frühen Samstagnachmittag ausgestorben, keine Menschenseele weit und breit. Geb wohnte *Apartment 117* im elften Stockwerk. Marga verschaffte sich Zutritt mit Hilfe ihrer kleinen zweistufigen zusammenklappbaren Küchenleiter, deren knallgrüne Stufen sie sehr liebte und die mit ihrem Waffelmuster rutschfest waren, und mit einem dünnen Streifen aus biegsamem Aluminium. Diesen Türöffnungstrick kannte Marga aus einem Roman über Menschen in New York City, erzählt bald aus der Perspektive der Geschädigten, bald aus der eines überhaupt nicht unsympathischen Einbrechers. Die Geschädigten, Greenhorns in New York City wie Geb und auch mit seinem naiven Mut, alle nützlichen Tips und Hilfsangebote in den Wind schlagend, schlossen sich nach diesem Erlebnis reumütig einem Kreis guter Freunde an, die eine Art Selbsthilfenetzwerk bildeten. Marga drang mühelos bei Geb ein. Natürlich hatte sie den Dreh mit dem Alustreifen vorher gründlich an ihrer eigenen Wohnungstür studiert, lang her, und bisher bereits zweimal bei Leuten, für die sie Briefe schrieb, angewendet. Bei Mrs. Penn vermehrte sie ihre Strandgutsammlung, und die hübschen Muschelsplitterschalen, die an Fleisch in Aspik erinnerten, einmal rubinrot, einmal gelblich, stammten aus dem Haushalt von Ellen und Horace Walker, deren verlorene Tochter Marga zwar nicht heimgeholt, aber für Telefonate mit den daraufhin merklich weniger bekümmerten Eltern zurückgewonnen werden konnte. In beiden Fällen handelte Marga ohne Unrechtsbewußtsein, denn ihre Briefe waren ganz große Klasse, einfach wundervoll, und das Honorar stand zur Leistung in einem indiskutablen Verhältnis.

Aus Gebs Apartment entnahm sie nichts – oder, um der

Lehre mehr Nachdruck zu verleihen, doch besser irgendwas? Woran er vielleicht besonders hing? Im Prinzip gings darum, ein scheußliches Chaos anzurichten. Ihr persönlich würde es vollauf genügen, wenn fremder Leute Hände in ihrer Ordnung, in ihren sauberen Sachen herumgewühlt hätten. Sie empfände Ekel und Abscheu, wenn sie dreiste Spuren zwischen ihren Möbeln und erst recht womöglich in ihrem Bad entdecken würde. Eine Bekannte hatte einmal von einem Einbruch in ihrer Wohnung als den nachhaltigsten widerwärtigsten Eindruck behalten, was auch für Marga das Allerschlimmste gewesen wäre – und obwohl *das* zum Wichtigen gehörte, bewahrte es ihr drolliges Gedächtnis –, und zwar waren das die Kreppsohlenschuhabdrücke rechts und links von ihrer Kloschüssel im Bad. Stell dir vor, Marga, *ich* stells mir jedenfalls immer wieder vor und ich brauchte lang, bis ich diese Toilette wieder benutzen konnte: Breitbeinig stand der Kerl da und pinkelte in mein Klo! Er nahm sich die Zeit! Das war mir gräßlicher als der Verlust von Grannys Tafelsilber. Daran mußte Marga denken, als sie eigentlich bloß einen kurzen neugierigen Blick in Gebs Bad werfen wollte, in der Wohnung hatte sie bereits genug durcheinandergewürfelt, es sah verheerend, überaus eindrucksvoll aus, und ein kleines Schiffsmodell, vielleicht eine Nachbildung dieser *Deep-Sea-Skipper,* hatte sie auch eingesteckt, also fand sie, sie könne sich die Wühlarbeit im Bad ersparen, denn sie war jetzt ein wenig müde. Aber die Erzählung der angewiderten Freundin weckte sie auf, und sie spritzte ein bißchen Wasser in den Umkreis des Porzellansockels und setzte sich, die breitauseinandergestellten Schuhe in den nassen Kacheln, auf die appetitliche Plastikbrille über der Porzellanschüssel, es war ein hübsches WC im hübschen Bad, alles pfirsichfarben.

Es verging viel Zeit, bis Geb endlich wieder einmal mit Marga telefonierte. Sie redeten über dies und das, ja, seine verschiedenen Ausflüge seien hochinteressant gewesen, Disneyworld, nun ja, mehr soziologisch, womit er meine, seine Konzentration habe mehr dem Publikum als Disneyworlds Attraktionen gegolten. Übrigens wurde vor längerer Zeit bei mir eingebrochen, Sie hatten recht, Marga, irgendwann passiert hier anscheinend jedem was, sagte er am Ende seiner Lobestirade nach Art stumpfsinnig begeisterungsfähiger Florida-Touristen, und Marga spannte sich an, aber sie war auf nichts Gutes gefaßt, denn Geb klang unbeschwert.

Was gestohlen?

Nichts von Bedeutung. Nichts, was sich nicht ersetzen ließe.

Aber es ist widerlich, nicht wahr? Fremde Leute, die in den eigenen Sachen rumwüten, ists das nicht, widerwärtig und gemein?

Geb meinte, es sei gewiß nicht erfreulich, aber er wolle den Vorfall nicht überbewerten. Na dann, bis zum nächsten Mal. Ich hoffe, ich kann mal wieder zu Ihnen rauskommen, in Ihr sicheres friedliches *County*. Geb lachte. Und vielleicht finde ich meine Jacke, wissen Sie, die Jacke von damals, vielleicht finde ich sie hoch oben in den Luftwurzeln Ihrer interessanten Mangrovenpflanze, könnte ja sein, daß er dort baumelt, mein Gedächtnisschwund.

Kurz darauf klingelte das Telefon wieder, und diesmal wars Beate aus dem fernen alten Europa: Deinetwegen bin ich mit den Hühnern aufgestanden, Marga, aber Geb meint, man müsse sich Sorgen um dich machen. Er meint, du brauchst irgendwie Hilfe ...

Marga dachte, sie redet um den heißen Brei herum, aber

um was für einen Brei? Sie wußte nicht, was sie davon halten sollte. Sie paßte wieder besser auf, als sie hörte: Scheint so, als wäre bei dir eingebrochen worden.

Marga verstand kein Wort, aber ihre Chance: Der arme Junge, hör zu, Beate, ich hätte es dir früher sagen sollen, mein Eindruck: Geb ist furchtbar durcheinander, weißt du, er hat sich für den Anfang hier in diesem problematischen Staat einfach zu viel vorgenommen.

Marga, was stimmt nicht, was ist los mit dir? Beates Sanitätergehabe wurde Marga lästig.

Nun hör doch, rief sie, es ist bei ihm, wo man eingebrochen hat. Bei Geb, nicht bei mir. Sie lachte kurz auf. In ihr machte sich tiefe Befriedigung breit. Es war ein Gefühl wie bei einem ersten Schluck von einem *gescheiten Drink*, ziemlich viel Gin drin, eine hochprozentige Durchflutung ihres Körpers. Gleich würde Beate sie bitten, Geb aufzunehmen. Und sie kannte ihre Antwort im Schlaf. Eingeleitet von einem bedauernden Seufzer lautete sie so: Bei mir im Haus gehts leider doch nicht so gut, es ist nicht sehr geräumig, weißt du, aber eine meiner Nachbarinnen wäre froh über einen netten Mieter. Irgendwie überflüssig, einfach sinnlos redete Beate weiter, Thema Marga und Sorgen, die man sich um sie machen müsse, und so weiter und so fort, es war einfach nicht nötig zuzuhören. Marga sah aus dem Fenster und pfiff leise vor sich hin, sang dann lauter: *dear me, deep sea*, und da sah sie es. Oben in einer der Luftwurzeln ihrer Prunkstückmangrovenpflanze hatte sich etwas verhakt. Es sah aus wie eine Vogelscheuche. Aber es war Gebs Jacke. Margas wunderliches Gedächtnis fand das ganz in Ordnung und förderte das Unwichtige zutage: Ich möchte dich nicht beunruhigen, Beate, sagte sie fürsorglich mit einem Einverständnisgrinsen zur kleinen geklauten Meeresschildkrötenfigur hin, die ihr jetzt wie eine Allegorie für das Leben nach dem Tod vorkam, wie die Ewigkeit selber. Nur, da gibt es was, das du wissen solltest. Geb ist gegen meinen Rat bei *Exit twenty-seven* rausgefahren, und das ist nicht mehr euer Geb, mit dem ihr telefoniert oder Briefe austauscht ... Es machte *Klick* in der Leitung. Marga hatte auf die kleine hellblaue *off*-Taste gedrückt, um Beates lästiges Getue loszuwerden, aber sie hielt den Hörer noch am Ohr, tippte auf *on* und wählte keine Nummer, immer bildete sie sich ein, wenn sie so ins Leere lauschte, Teil des Äthers über dem Atlantik zu sein, *deep sea*, sagte sie in den kalten kenntnisreichen Blick der Meeresschildkröte, wir hören sie rauschen, nicht wahr. Und ich bins, mit der man rechnet, wenn man Hilfe braucht, *Wer kann mir helfen?* annonciert. Ob der junge Mann seine Praktikantenstelle im EDV-Bereich gefunden hatte? Sie könnte ihn ja doch mal anrufen, war nicht ausgeschlossen, daß er über diesen Job hinaus noch eine Menge anderer Probleme hatte. *Off.* Marga legte ihr tragbares Telefon hin und machte sich auf die Suche nach der Anzeige.

Stehts endlich in der Zeitung?

Eigentlich waren sieben Tage danach zu spät, und es bestand nicht mehr viel Hoffnung, aber weil es ein Samstag war, kaufte er doch noch einmal die meisten Tageszeitungen von Bedeutung, und das tat er, obwohl er sich wirklich nicht gern schon wieder zum Bahnhof aufmachte. Es war die Sache nun mal wert. Ihm schwebte vor, den Ausschnitt viele Male zu fotokopieren. Samstags waren die Zeitungsausgaben dick, und vielleicht stand was darüber drin in irgendwelchen Wochenchroniken, wo sie die wichtigsten Nachrichten sammelten. Dann erschiene seine zwar nur in Kurzform, auch recht, besser als gar nichts. Insgeheim rechnete er aber doch mit einem umfangreichen Bericht. Schwer bepackt mit den von Stellenanzeigen aufgeschwollenen Exemplaren machte er an der Bushaltestelle neben einem Abfalleimer halt, filterte vorsichtig die paar wenigen Zeitungsseiten mit Lesestoff aus den Papierstößen und wanderte dann mit leichterem Gepäck heimwärts. Um die Spannung zu erhöhen, nahm er nicht den Bus. Seine Erwartung, ungestört von seiner Frau, die noch schärfer auf die Meldung war als er, der Held, selber, könnte er die Blätter durchforsten, Titel für Titel, erfüllte sich wie jedesmal nicht. Anscheinend hatte sie ihre sämtlichen Samstagsverrichtungen sausenlassen oder zumindest verkürzen können. Gehörte nicht auch Einkaufen dazu? Warum wuselte sie in der Wohnung rum? Oder wars heute *sein*

Tag mit Einkaufsdienst? Aber er hatte schließlich für die Zeitungen gesorgt, es war sein gutes Recht, darüber Alltägliches zu versäumen. Also tat er gelangweilt, als seine Frau es übernahm, sich über den Pressewust herzumachen. Erbost war er trotzdem. Warum eigentlich? Hatte doch was Nettes, wie eifrig sie sich der Sache annahm.

Der Kopf seiner Frau mit seinen kreuz und quer von abstehenden Nadeln durchstoßenen Lockenwicklern sah wie eine besonders raffiniert gebastelte Eierhandgranate aus.

Kriegst du die Seiten nicht ohne dieses Geschlecke rum? fragte er. Er lehnte am Herd und hielt einen Kaffeebecher in der Hand und spürte in jeder Sekunde sein Anrecht auf die Zeitungen. Unerschütterlich und verblüffend flink tippte der rechte Zeigefinger seiner Frau an das nach Reptilienart vorzüngelnde winzige Stück rosa Zunge, es war nur eine Gewohnheit, und zwar eine schlechte, er konnte sie nicht ausstehen, und sie konnte auf keine andere Weise lesen. Auf einmal dachte er, er würde sie vermissen, bei allem Widerstand, wenn er sie nicht mehr zu Gesicht bekäme. Ihre blöde Gewohnheit mit dem Lecken war seine miese unentbehrliche Sehgewohnheit geworden.

Ich kann mal wieder nichts finden. Seine Frau warf durchblätterte Zeitungen auf den Boden.

Liest du auch nicht schlampig? Im Mittelalter hatten sie so Dinger, ich glaube, den Morgenstern oder den Grenadierapfel. Er starrte auf den Lockenwicklerkopf mit den Spicknadeln. Wenn seine Frau später all die sperrige Munition abnähme, hätte sie das Cocoscreme-Kugelköpfchen dieser von ihr so geliebten *Raffaelos*. Wenn sie einmal angefangen hatte, konnte sie mit den *Raffaelos* schlecht aufhören, und jedesmal fand er es sinnlos, daß sie die kleinen Dinger auf ihre den Genuß hinhaltende Art verschlang, sie biß ab, machte ihren Schoß cocossplittrig, erhob sich halb, um die Krümel loszuwerden, bei jeder kleinen Kugel ging das so, und sie aß bis zu zehn hintereinander, also hätte sie den Verzehr und den Vorgang der Reinigung rationeller gestalten sollen. Bloß anschließend machte sie wenigstens alles auf einmal: Mit dem Handstaubsauger fuhrwerkte sie im Umkreis ihres Sitzplatzes herum.

In diesem Moment schrie sie (als er gerade überlegen wollte, ob er auch dieses schlecht organisierte Gemache vermissen würde): Hier! Ich habs! Hier! Es steht drin!

Lies! rief er und stürzte fast über sie auf ihrem Stuhl am Küchentisch. Er hielt den leeren Kaffeebecher dabei in die Höhe, als müsse er jemanden drunter durchgehen lassen.

»Massenkarambolage in dickem Nebel«, las seine Frau und klang dabei tiefer als sonst, irgendwas zwischen offiziell und feierlich, etwa so wie der Journalist, der diese Schlagzeile verfaßt hatte, wenn er sie dem Chefredakteur präsentierte – falls sie heute in den Zeitungsredaktionen noch so altmodisch wie in diesen Filmen aus Hollywood arbeiteten, die im Journalistenmilieu spielten und die er besonders gern sah. Es ging immer hektisch in diesen Redaktionen zu, aber er fand sie anheimelnd und voll der kameradschaftlichen Atmosphäre, und er liebte die Ärmelschützer und die Hosenträger und die in der Armbeuge aufgestockten Hemdsärmel: So hatte seine Mutter früher die Hemdsärmel seines Vaters verkürzt oder es sah so aus.

Währenddessen las seine Frau den kurzen Artikel vor, er spähte über ihre Schultern und las mit, aber er sah nicht alles, denn das Ding war zwar gut geschrieben und ziemlich dramatisch, alles andere als zimperlich, aber irgendwas schien nicht ganz in Ordnung zu sein, und ein Verdacht trübte seinen Blick, ihm war ein bißchen schwindlig geworden, und er mußte sich aufrichten.

Wie viele Autos schreiben sie da? Lies noch mal die Stelle mit der Anzahl der in die Karambolage verwickelten Autos.

Zweiundzwanzig. Seine Frau redete mit ihrer höchstpersönlichen, gewohnt-gewöhnlichen Stimme, nur etwas matter als sonst. Und bei dir warens sieben.

Und es war die letzte durchforschte Zeitung. *Seine* Massenkarambolage im dichten Nebel war nirgends erwähnt. Unnötig, aber sie sagte es: Es war nicht *deine* Massenkarambolage.

Die Presse ist nicht mehr, was sie war, sagte er. Wenn der Kopf seiner Frau abnehmbar gewesen wäre, er hätte ihn abgenommen und durchs Fenster geschmettert. Danach wäre er natürlich rausgegangen und hätte ihr den späteren Cocoskugelkopf mitsamt Hals wieder in die Mitte der Schultern, zwischen rechtes und linkes Schulterbein gedrückt. Er mußte an die Frau denken, die halb verdreht aus der zerdellerten Autotür gehangen hatte, Kopf seitlich ausgerenkt nach unten.

Die Presse ... seine Frau schüttelte den Kopf, langsam langsam, mit all dem Zeug drauf war das ein schweres Waffenarsenal und Arbeit, das Schütteln, das mehr ein Wiegen war. Sie ging wirklich rührend mit. Weißt du, sie kommen nicht mehr nach. Schlechte Nachrichten haben sie einfach zu viele. Sie sind übersättigt davon.

He, ich hab schließlich diese Frau gerettet, trumpfte er auf. Das dürfte ja wohl eine gute Nachricht sein, mittendrin in einer schlechten.

Wirklich wahr. Und wir habens schon allen erzählt ... seine Frau stockte, ihr entgeistertes Gesicht sah plötzlich stumpf und einfältig aus. Dumm und dämlich haben wir uns geredet, mit dieser Rettung. Er glaubte zu wissen, was in ihr vorging. Ihnen würde keiner mehr diese seine Heldentat glauben. Nicht ohne alle diese Fotokopien, die er von einem redlichen, gut recherchierten Zeitungsbericht anzufertigen geplant hatte. Irgendein netter Typ, höherer Rang, auf der Polizeistation hatte ihn gelobt. Trotzdem, das verdatterte Gesicht seiner Frau ging ihm mächtig auf den Geist. Schon recht, daß sie so solidarisch mit ihm fühlte, aber über kurz oder lang, er kannte sie, schlüge das um und auch sie finge an, die große Sache zu verkleinern, bis sie in einem Nebel aus Mißtrauen, dann Vergessen verschwand. Es stand schließlich nicht mal in der Zeitung.

Da rettet man ein Menschenleben, und was ist? Er knallte den Kaffeebecher mit immerhin noch vorsichtiger Wucht (Scherben wären jetzt für seine Frau das letzte) ins Spülbecken. Man weiß wirklich nicht, warum man überhaupt noch was tut.

Du hast dich in Gefahr gebracht, sagte seine Frau, die aufstand und nicht mehr richtig entrüstet klang. Sie nahm einen Nachtschwester-Ton an. Weißt du, sie haben sich halt für die Massenkarambolage im dichten Nebel entscheiden müssen, in die mehr Fahrzeuge verwickelt waren. Deine war zu klein.

Was du nicht sagst. Er gab dem Papierhaufen auf dem Boden einen Tritt. *Ich bin nicht erwähnt, ich bin nicht erwähnt:* Die Kränkung erbitterte ihn. Die ganze Zeitung voll mit Mist, und eine Menschenrettung zählt nicht mehr.

Weißt du, alle diese Kriege ... an ihrer Munition rumfingernd, machte seine Frau sich auf den Weg ins Badezimmer.

Man riskiert sein Leben ... Er hob die Stimme, damit seine Frau das auf jeden Fall mitbekäme und drüber nachdächte und hoffentlich protestierte: Scheint so, scheint ganz so, daß mans genausogut lassen kann.

Nichts zu hören, außer, daß sie jetzt über die Fliesen klackerte. Er formte aus seinen beiden Händen einen Trichter und rief: Sieht so aus, daß man sichs sparen kann, das Gute, die ganzen verdammten guten Taten. Sag selber.

Wo du recht hast, hast du recht, rief seine Frau, bevor sie diese Melodie zu was bloß, wars eine Versicherung oder ein Rasierwasser, aus der Werbung zu trällern anfing, immer mit dem gewohnten Fehler.

Fahr ruhig mal 2. Klasse

Und wie war ich? Bei jedem andern Menschen wäre er des Gelobtwerdens sicher gewesen, aber bei Bitchie wars was anderes, bei ihr wußte man nie, sie kam auf originelle Gedanken und machte Beobachtungen von Kleinigkeiten, die anderen entgingen. Trotzdem, er genoß ihre Gesellschaft, und unter den gegebenen Umständen zog er sie erst recht derjenigen seiner Frau vor. Die hätte ihn zwar auch heute, so wie die Dinge standen, und sie standen saumäßig schlecht, als Sieger im Schlagabtausch mit dem politischen Gegner gefeiert, aber es dauerte ihm allmählich doch zu lang, daß sie mit diesem Bruder Leichtfuß herumzog. Bitchies Zitat – stammte es von einem russischen Schriftsteller? – kam ihm oft in den Sinn. Es handelte von untreuen Ehefrauen. Sie sind wie kalte Koteletts. In dem Zitat kam auch noch irgendwas drüber vor, daß sie zu viel angefaßt worden waren, von andern angetatscht, und genau das traf auf seine Melitta zu.

Melitta! Eigentlich waren sie Propheten, deine Eltern, als sie dich nach der Marke eines Kaffeefilters benannten. Das hatte er ihr neulich an den Kopf geworfen. Und sie hatte natürlich sofort wieder geheult, sie war wirklich ein Filter, grauenvoll durchlässig.

Wie war ich also? Er wiederholte seine Frage hinter der herumwirtschaftenden, bald im Wohnzimmer, bald in der Küche und werweißwo sonst noch herumkraschpelnden

Frau her. Er fand sie attraktiv, was ihn immer aufs neue verwunderte, denn sie ging (er dachte manchmal: sie machts absichtlich, sie übertreibt so gern) mit eingezogenem Kopf und hochgezogenen Schultern überm gekrümmten Rücken, als wäre sie zu steif, um sich noch gerade aufzurichten, aber ganz so alt war sie nun auch wieder nicht. Sie hatte einen wundervollen grauen Wuschelkopf, viel mehr Haare auf dem Kopf als seine dreißig Jahre jüngere Melitta, und große dunkle Eulenaugen, Augen wie Geschichtenerzähler. Es war immer unordentlich und sehr gemütlich bei ihr, sie gab den untalentierten Kindern ehrgeiziger Eltern Musikunterricht, Klavier, Geige, Flöte, ihre eigenen Begabungen hatte sie aus Mangel an Ehrgeiz nicht ausgeschöpft, und sie improvisierte ihm gute und reichliche Mahlzeiten.

Du hast getan, was du tun mußtest, sagte Bitchie schließlich.

Was soll das heißen? Ihr würde er Kritik nicht übelnehmen, sogar gespannt drauf war er, falls was Kritisches käme, *was* es wäre. Das konnte er sonst nicht von sich behaupten. Außer von Bitchie machte ihn schon die geringste Mäkelei, ja bereits das Fehlen der Zustimmung zornig.

Du hast geredet, wie du reden mußtest. Du sprichst nun einmal für deine Partei.

Deine Partei. Warum war es nicht auch ihre? Sie mußte ganz schön knausern – nicht ihm gegenüber, da war sie großzügig –, um mit ihrer kleinen Rente durchzukommen.

Ich hatte den Beifall, der andere nicht. Der andere hatte sogar ziemlich viele Pfiffe und Buhs.

Bitchie verfiel auf die bei ihr völlig absurde Idee, die Glasfenster ihrer Vitrine sauberzuwischen. Am Boden in der Hocke kauernd und von ihm abgewandt pustete sie ihren

Atem gegen das verschmierte Glas und rieb dann an der behauchten Stelle herum. Er sah belustigt dem abwegigen und aussichtslosen Treiben zu.

Wenn du zum Beispiel die Regierung als absolut inkompetent bezeichnest ...

Ja ja ... Er feuerte sie an, gespannt, Tempo Tempo!

Wenn du das tust, die Regierung beschimpfen, dann kannst du sicher sein, daß du das Publikum auf deiner Seite hast.

Allerdings! Du gibst mir also recht. So wie mir die Leute recht gegeben haben.

Tu ich nicht. Die Leute geben dir recht, weil sie sich alle, alle diese kleinen Spießer, wenn sie dir applaudieren, wie kleine großartige Revolutionäre vorkommen. Man muß dagegen sein, weißt du?

Du mußt anscheinend auch dagegen sein. Beleidigt war er nicht, es handelte sich schließlich um Bitchie, sie konnte ihn einfach nicht kränken, aber er merkte, daß er anfing, nachdenklich zu werden. Besser nicht. Sie war eine kauzige Person.

Die Regierung ist in all den vom Moderator angerissenen Fragen inkompetent. Sie muß abgelöst werden. Und der Applaus der Leute zeigt, daß sie genau darauf sehnlichst warten. Auf den Wechsel.

Das waren lauter Leute, die sichs zwanzig Jahre so regiert ...

Vierzehn Jahre.

Also jahrelang haben sie es sich in dieser angeblichen Inkompetenz wohl sein lassen.

Aber du, du zählst nicht gerade zu denen, die sichs wohl sein lassen, oder?

Das kann kein Schmutz sein, es muß was anderes sein, sagte Bitchie zu sich selber, und er dachte, sie stellt sich an, sie spielt wieder mal Theater, markiert die Alte, als sie sich ächzend hochhievte und wieder halbwegs in eine aufrechte Haltung zurückfand.

Denk mal an die Arbeitslosigkeit, sagte er. Er war ihr in die Küche gefolgt, wo sie bei ihren Vorräten nachsah, was sie ihm kochen könnte.

Bitchie sagte: Sie fahren in ihren Autos kreuz und quer, sie haben unaufhörlich Urlaub, ich krieg den ganzen Sommer über keinen Handwerker, die Putzfrau von den Spiekers hat schon wieder Mutterschaftsurlaub, und ich glaub, sie kriegt eine Menge Kindergeld, und besser ausgestattet als zum Beispiel ich ist sie allemal, ich meine mit Geschirrspülmaschine und Gefriertruhe und wasweißich noch, und sie kommt im Auto, ich nehme an, es ist ein *Zweitwagen* ...

Tüchtige schaffens noch, vermutlich rackert ihr Mann sich ab, und zum Glück sorgen die Gewerkschaften für ordentliche Lohnabschlüsse. Ich wars, der den Beifall hatte, Bitchie.

Du hattest deine Haare so komisch.

Das machen die in der Maske. Maskenbildnerei, weißt du, man ...

Ich weiß schon, was die *Maske* ist.

Stimmt ja, dachte er, Bitchie sieht wie eine Süchtige fern.

Es war anstrengend, mit Bitchie zusammen fernzusehen. Unaufhörlich schaltete sie mit der Fernbedienung zwischen den Programmen hin und her, sie tilgte den Papst, nachdem sie hatte mitkriegen wollen, wie gut der noch mit dem Kopf auf den Boden kam, um nach dem Aussteigen aus seinem Flugzeug den jeweiligen Boden des Lands zu küssen, und in der nächsten Sekunde raste ein Männertrupp auf Pferden hinter einer Viehherde her, weg damit, Schimpansen liebten sich lesbisch, aber ehe er das richtig mitbekam, mußte er sich auf eine Geburtstagsparty einlassen, in der es in dem Augenblick zum Streit kam, den Bitchie dafür brauchte, einen Schokoladenriegel gegen einen offenbar etwas weniger interessant gefüllten Schokoladenriegel kämpfen zu lassen: Am liebsten sah sie Werbung.

Deine Frau hat übrigens angerufen, erzählte Bitchie, die jetzt in einem Topf geschälte gekochte Kastanien mit gelben Rüben zusammenrührte.

Hat sie das. Vor lauter Sehnsucht, auweia. Er gab sich cool, denn nur so gefiel er Bitchie. Gut möglich, aber daß diese Neunmalkluge ihm seine gespielte Ruhe und das dazu passende Pokerface gar nicht abnahm. Geruht die Dame, gegenwärtig zu Haus zu sein?

Bitchie schabte eine dunkelbraun mit blaßrot vermischte Masse aus dem Topf auf einen Suppenteller. Sie machte immer kurzen Prozeß, Kochen ging schnell bei ihr, weil sie sofort Herdplatten auf Stufe drei stellte. Bei Melitta mußte man warten, warten, bis endlich irgendwas auf den Tisch kam, für das sich die unerklärlich lange Prozedur und ihre verheißungsvollen Blicke überhaupt nicht gelohnt hatten. Damals, als sie noch die Gnade walten ließ, Mahlzeiten für ihn zuzubereiten. Ob sie von zu Haus aus angerufen habe, wisse sie nicht, war Bitchies Auskunft, die sie um die verwunderliche Aussicht ergänzte, es sei besser für ihn, wenn sie sich aus der Wohnung ihres Gigolos gemeldet hätte. Oder aus einer Telefonzelle.

Dein Essen ist fertig.

Warum wäre das besser?

Wenn du eine Grippe hast, ists auch mit hohem Fieber schneller vorbei, als wenn sie sich lang dahinschleppt und du alles nur so halbwegs hast.

Bitchie saß, die Ellenbogen aufgestemmt, am Küchentisch, ihm, dem ihr Phantasiegericht in Blutwurstbegleitung schmeckte, gegenüber, und sie betrachtete ihn aus den rätselhaften eulenartig weisen und wachsamen großen Augen, diesen Geschichtenerzählern ohne Engagement. Ließe man sich nur lang genug auf diese Augen ein, dann würden sie erzählen! Aber was? Bitchies Augen blickten wirklich nicht gerade fröhlich, fand er, ich nehme sie besser nicht unter Vertrag.

Nennt man das nicht populistisch? fragte Bitchie.

Was denn?

Du redest den Leuten nach dem Mund, oder?

Es geht um die Grundpositionen meiner Partei. Wenn *wir* nicht aufpassen, daß aus der sozialen Schieflage keine Rutschbahn wird ...

Es schmeckt vielleicht besser, wenn du diese Blutwurststückchen in das heiße Zeug reinsteckst. Wenn die Blutwurst drin schmilzt, sagte Bitchie.

Bitchie, ich bin nicht eingeschnappt, nicht bei Sachen von dir, ich meine, Kritik. Aber vergiß nicht, ich wars, der die Schlacht dort gewonnen hat, vor den Anwesenden und für Millionen vom Bildschirm aus. Vergiß nicht den Beifall. Er kam ja nicht von den Sozialhilfeempfängern, die waren nicht im Studio, das hast du selbst gesagt, es waren diese besseren Leute, Mittelstand ...

Pah, machte Bitchie, na eben drum! Und ich habe dir bereits erklärt, warum diese Leute klatschen. Es ist schick, gegen die Regierung zu sein. Abgeben würde keiner was von denen. Aber sie möchten sich so schrecklich gern als Revoluzzer fühlen, diese ordentlichen satten Leute mit den Gefriertruhen und den Zweitwagen, und sie können den Eintritt für so ein Bonzenhotel bezahlen. Ich nehme doch an, daß es was kostet.

Er wußte es nicht, nahm es auch an.

Fahr mal in der zweiten Klasse, bloß ein halbes Stündchen. Tus mir zuliebe. Laß heut dein Auto bei mir im Hof stehen und fahr in der zweiten Klasse nach Haus. In einem Nahverkehrszug am besten. Bitchie legte ihren Kopf, als würde er ihr zu schwer, in ihre Hände, traurig und doch auch verschmitzt blickte sie auf ihn und seinen guten Appetit. Er aß ziemlich hastig, er war nervös.

Was gibts? Er ahnte neue originelle Ideen, die sich in Bitchies unermüdlichem Kopf bildeten: Die Schlacht dort gegen diesen anderen Politiker magst du ja gewonnen haben, für die Leute dort sah es so aus.

Und für Millionen Fernsehzuschauer ebenfalls, ergänzte er.

Aber zu Haus, deine persönliche Schlacht ... für die solltest du endlich mal wenigstens eine Strategie entwickeln. Wie stehts denn so? Was willst überhaupt du selber in dieser ganzen Affäre? Willst du Melitta wiederhaben? Willst du wirklich?

Was sonst. Er klang ziemlich lahm. Er klang so, als habe er bloß keinen anderen Einfall als diesen, und Bitchie sagte es ihm. Du willst sie wiederhaben, weil du dir nicht vorstellen kannst, was es für andere Möglichkeiten gäbe.

Er dachte an die kalten Koteletts, die sie waren, die untreuen Ehefrauen, zu viel angefaßt. Bitchie fände den Vergleich amüsant. Er lieferte das Zitat ab, und Bitchie fand es wundervoll.

Deine Melitta hat sich da am Telefon ein bißchen kläglich angehört.

Wenn sie denkt, daß ich zurückrufe ... ich wüßte ja nicht mal, wohin zurück ... aber da hat sie sich sowieso in den Finger geschnitten.

Bitchie erschreckte ihn mit einem kleinen Aufschrei, und ihr Stuhl kratzte über den Fliesenboden, als sie ihn zurückschob, um aufzustehen. Laß ich dich die ganze Zeit essen und du hast noch nicht mal dein Bier gehabt, noch nicht einen Schluck Bier. Im Kühlschrank hab ich keins, aber warmes hab ich. Magst du warmes?

Es stand längst vor ihm, und er trank sich durch eine Unmenge Schaum zu dem bitteren Geschmack durch, während Bitchie ihn beobachtete, dann – das war so ihre Art – kurz auflachte. Paß auf, jetzt schockiere ich dich wirklich, warnte sie ihn. Aber bei dem Schaum da mußte ich dran denken, wie ich bade. Ich denke zwar jedesmal dabei an den Umweltminister, bestimmt. Bitchie machte ein raffiniert zerknirschtes Gesicht. Weißt du, warum? Ich nehme eine Menge Badeschaum. Ich bin eine Umweltsünderin. Ich genieße es.

Er schnalzte mit der Zunge, schüttelte langsam und strafend den Kopf, aber er genoß Bitchie, die ihre Umweltsünde genoß, er konnte nicht anders.

Ich denke an den Umweltminister, bestimmt, du, ich vermute, auch er nimmt wenigstens ab und zu eine Menge Badeschaum und lacht sich ins Fäustchen, und bei all dem andern, was er auch nicht korrekt macht, ich meine, ökologisch korrekt, lacht er auch in sich rein, und dann denke ich an Gott, und dem ists egal, und er weiß, daß es auf das alles schon längst nicht mehr ankommt. Außerdem vergibt er uns. Melitta, mein Lieber, sie wartet wahrscheinlich wie alle Frauen auf ein männliches Machtwort.

Themensprünge sind das! Er seufzte.

Solche Sachen verschmutzen auch die Umwelt, oder nicht? Diese Ehegeschichten, die Seitensprünge.

Du verstehst ja eine Menge davon. Bitchie, wie war dein Vorleben?

Ich war nie verheiratet, wie du weißt. Und das war sehr intelligent von mir.

Untreue gibts auch außerhalb der Ehe.

Sie wartet auf dein Machtwort.

Melitta mochte ja ein dummer Filter sein, eine richtige Sickergrube, aber für männliche Machtworte war sie denn doch entschieden zu sehr moderne, selbstbewußte Frau, nicht gerade eine Feministin, was waren die genau? Aber so was in der Art.

Also, wie stehts? forschte Bitchie. Ihre Augen waren jetzt wie Lupen.

Wie es steht? Er fühlte sich wie eine Mikrobe, die ihre Wirkung als Großaufnahme nicht kennt. Deshalb gab er sich salopp.

Wie es steht? Sie pennt mit ihm, wie du weißt. Sie kaufen zusammen ein, er kocht für sie, und sie rasiert ihm den Nacken aus ... Es ist ekelhaft ... Er wußte nicht, welchen Schluß er aus dem Urteil *ekelhaft* nun forsch ziehen und Bitchie servieren sollte. Würde doch schiefgehen. Was man ihr auch vormachte, es ging garantiert in die Hose.

Bitchie war für eine Überraschung immer gut, das kannte er ja, doch mit dem, was sie jetzt zum besten gab, hätte seine Phantasie selbst bei wildester Ausschweifung nicht gerechnet.

Dann steht ja alles zum besten, lautete ihre Diagnose, ein trauliches, ja eheähnliches Idyll, so wie er es ihr geschildert hatte. Wunderbar! Mit allem Einkaufen, Kochen, Nackenausrasieren. Sehr gut. Es steht gut.

Hast du mir nicht richtig zugehört? fragte er, und: Gibts noch einen Nachtisch?

Du kannst *I Cinetti* haben oder wie dieses neue italienische Eiscremewunder heißt. Bitchie holte den gelben Plastikbecher aus dem Kühlschrank. Doch, sie habe genau zugehört. Klingt ja vielleicht brutal, aber laß die zwei noch ein bißchen so weitermachen. Genauso. Denk an die Grippe mit viel Fieber. Und du hast gesagt, es sieht schon aus wie eine Ehe. Na also.

Was, *na also?* Mir reichts allmählich mit den beiden. Er schlug mit der linken Faust auf den Küchentisch, aber nicht zu fest, um sich nicht weh zu tun, die rechte brauchte er aufgefaltet zum Eisessen. Und wieder hatte er keinen blassen Dunst davon, wie er sein *mir reichts* eigentlich zur Tat machen sollte. Dieses *allmählich* außerdem, es tönte ihm selber als leere Drohung in den Ohren.

Es sieht schon aus wie Ehe. Bitchie schaute dunkel und klug auf ihn, während sie ein Wort vom andern absetzte. Und die Ehe, nimms mir nicht übel, war deiner Melitta ja offenbar ein bißchen langweilig geworden. Mein guter Junge, tut mir leid, aber du bist doch nicht dumm. Du mußt doch mittlerweile verstanden haben, was ich meine, wenn ich dir rate: Laß sie noch so weitermachen. Was Besseres kann dir nicht passieren. Bitchie sah sich in ihrer Küche um. Also viel *Haushalt*, sagte sie. Haushalt, den hatte sie bei dir. Und nun bei ihm.

Er witterte eine Chance, und doch, er verstand kein

Wort. Aber schon glaubte er ihren Gedankengängen, die ihm zum hundertstenmal verschroben vorgekommen waren, und dann hatte immer sie recht behalten, sie oder ihr Instinkt. Sie war ein Mensch, der das entscheidende Geheimnis hütete.

Erklärs mir mal deutlicher.

Ist doch so furchtbar einfach. Bitchie schleckte jetzt auch Eis, aber weil sie alles grotesk machen mußte, vermischte sie das Eis aus einer angebrochenen Packung – *Vorsicht, Salmonellen, sagte sie* – mit einem Puddingrest und Himbeeryoghurt. Was heißt da: erklären? Ich kanns nur wiederholen. Sie kaufen ein und so weiter und so weiter, und es wird täglich eheähnlicher, und genau deshalb wirds langweilig. Ihre Geheimwelt wird Gewohnheit. Ihre Riten werden Routine. Sie lesen sich eines schönen Tages nicht mehr aus *einem* Buch vor, sie hat plötzlich, obwohl *er* im selben Zimmer ist, der große Held, die Seelenruhe, ja, sie hat die Ruhe weg und vertieft sich in eine blöde Illustriertengeschichte oder liest alles über die neue Frisurmode.

Tut sie nicht. Melitta liest keine Illustrierten.

Egal, ist ja nur ein Beispiel, laß sie was anderes lesen, irgendein Frauenbuch über Frauen. Meinetwegen liest sie auch Hegel. Und er bleibt ebenso ruhig, obwohl seine wundervolle Angebetete im selben Zimmer ist, und glotzt auf die Sportschau oder sortiert Briefmarken. Für die Liebe werden sie immer öfter zu faul, du weißt, was ich meine, sie machen es kaum noch, es ist so unbequem. Warts ab, deine Melitta wird merken, daß es wie Ehe ist. Und dann kommt sie in *ihre* Ehe zurück. In *eure*.

Vielen Dank, sehr schmeichelhaft. Du malst ein großartiges Bild von der Ehe, Bitchie. Er lachte. Ich müßte beleidigt sein, aber ich bins nicht. Nur frag ich mich, was du von der Ehe weißt.

Zweimal war ich kurz davor. Bitchie machte ein bestürztes Gesicht, so als ergreife es sie jetzt noch, davongekommen zu sein.

Und höchstwahrscheinlich noch ein bißchen öfter in Affären verwickelt gewesen, in ihre solistischen oder in die verheirateter Leute oder beides. Vermutlich hatte sie recht. Eine Frau wie Bitchie bedurfte außerdem gar keiner Erfahrung. Ihre Phantasie war mehr wert als Hunderte von Erfahrungen der meisten Leute, die kein Talent zur Beobachtung hatten und gar nicht mitkriegten, was mit ihnen passierte.

Und ich hab auch recht mit meinem Urteil über dein Fernsehduell, und über die braven Spießer, die gegen die Regierung anklatschen. Halte das nicht für *deinen* Beifall.

Zwar bin ich wieder nicht beleidigt, weil dus bist, Bitchie, nur deshalb, denn in dem Punkt glaub ich nicht, daß du recht hast, antwortete er und versuchte, ihr einen Abschiedskuß irgendwohin ins blasse Gesicht zu pflanzen, aber sie zog wie immer im Augenblick, in dem der Abschiedskuß bevorstand, den Kopf ein, und seine Lippen tauchten in ihren warmen grauen Wuschelkopf, weiche Landung in den Haaren, die sie in die Stirn kämmte.

Aber in der zweiten Klasse fuhr er sogar. Nicht gleich an diesem Abend. Ein paar Wochen später ergab es sich so. Er mußte eine Dienstreise mit der Bahn machen, und ein Eilzug zwischen zwei Kleinstädten befuhr die Strecke ohne erster-Klasse-Wagen. Ehe er noch so richtig ärgerlich werden konnte, kam er angesegelt, Bitchies Vorschlag, zu ihm, der wieder einmal eine Polemik gegen die Regierung und flammende Liebeswerbungen, Ziel: der *Kleine Mann*, Schwerpunkt: der *Arbeitslose,* die gerechte *Umverteilung* hinter sich hatte. In der Vierersitzgruppe dicht hinter seinem Platz tat sich ein mitteljunger Mann wichtig. Er gestikulierte mit seiner Bierdose in der erhobenen Hand, und wenn er nicht die schönen blonden Haare eines Mädchens und die schönen blauen Augen eines anderen Mädchens rühmte, schwadronierte er in eigener Sache, er war einfach der Größte, er kam dem Staat auf die Schliche, ließ sich nicht reinlegen, im Gegenteil, er war derjenige, der den Staat reinlegte, und dann lachte er fatal, wie bei einer Prügelei. Ich werd doch kein Trottel sein und auf die fünfhundert Mäuse verzichten? Bei zweitausendeinhundert Arbeitslosengeld geh ich doch nicht für tausendsechshundert arbeiten? He, schönes Kind, sag selber, fünfhundert Möpse sind fünfhundert Möpse, kannst zigmal zum Friseur dafür laufen. Bin ich ein Blödmann? Bin ich nicht. Ich geb tierisch acht, wenns um die Kohle geht. Ich bin Schweißer, ich bin sogar ein guter Schweißer, aber reinlegen laß ich mich deshalb noch lang nicht. Arbeiten will ich ja, wer sagt denn was anderes, aber doch nicht, wenn ich mit zweitausendeinhundert Piepen um fünfhundert lausige De-Em besser dasteh als mit den lumpigen tausendsechshundert. Wenn die in meinem Beruf für mich nichts finden, dann finden sie eben nichts, ich mach nicht irgendeinen Quatsch, bloß damit sie mich los sind, ich bin nicht der Depp, der dafür einsteht, daß die da oben ihre Hausaufgaben nicht machen, sind ja totalstens am Ende, und wenn die mit der Wirtschaft nicht klarkommen, ich komm klar, aber mit meiner.

Der Mann ließ sich gern von den andern feiern.

Er sagte zu Melitta, der ein offenbar doch immer noch nicht ausreichend eheähnlicher Nachmittag mit ihrem Liebhaber einen rosigen Schimmer übers Gesicht breitete (aufgeregte Augen trotz ihres unschuldigen Getues: oh Bitchie!), sie solle ihm aus dem Weg gehen. Es wäre mir lieber, du würdest eine Zeitlang mit deinem Typen leben, nicht mehr das Hin und Her zwischen hier und dort, richtig zusammenziehen.

Aber nein, ich ...

Doch. Mir wärs lieber. So richtig zusammen mit ihm, so richtig mit allem Drum und Dran und Wäschewaschen, Knöpfeannähen, was so anfällt, Kloputzen, und so weiter.

O nein, ich will ja bald ... ich will ja bei dir sein. Melitta schmiegte sich an ihn, aber er merkte, wie glücklich sein Befehl sie erregte und wie sie kaum abwarten konnte abzuhauen.

Das versteh ich nun zwar gar nicht, sagte sie, sie, die innerlich schon die Koffer packte, als er dachte: Wehe, Bitchie, du hast nicht recht.

Also das kapier ich nicht, wiederholte sie in einem künstlichen Unglück, schlecht gemacht, nachdem er zum zweiten Mal gesagt hatte: Fahr ruhig mal zweiter Klasse, und nicht bloß eine halbe Stunde, fahr du ruhig mal zweiter, mach das.

Männer haben Ideen

Er dachte, wie kann man nur so blöd sein, und nicht mehr lang, dann würde er es auch sagen. Die Frauen gaben ja immer werweißwie mit ihren Fähigkeiten an und worin sie nicht alles sogar den Männern überlegen wären, sie drängelten sich mit Macht in sämtliche – und wie sich nur zu oft erwies, nicht umsonst – traditionell männlich besetzte Domänen, aber erstens verschwendeten sie viel zuviel Zeit für ihr kosmetisches und sonstiges Outfit und verbrachten halbe Tage beim Friseur, und dann, soeben hatte ja die bedauernswerte Gute wieder mal den besten Beweis geliefert, versagten sie schon bei Kleinigkeiten. In diesem speziellen Fall – Unbesonnenheit, Aufregung – spielten ihre Nerven verrückt, das Bewußtsein sprang auf Null, vor dem Reaktionsvermögen schaltete die Ampel auf Rot, und totale Sturheit war die Folge, wie Mond- und Sonnenfinsternis auf einen Schlag.

Da können einem Menschen mit klarem Kopf, der bei Sinnen ist, doch blitzschnell zig Ideen kommen! polterte er. Ein bißchen leid tat sie ihm ja, außerdem sah sie in der Erinnerung an ihre Blamage ganz erstaunlich hübsch und regelrecht verjüngt aus, beinah zum Neuverlieben, doch hier gings darum, daß sie lernte. Und mit Sanftheit war das bei Frauen schwer zu erreichen. Natürlich ging man das Risiko stundenlangen mimosenhaften selbstmitleidigen Schweigens ein (oh, wie konntest du mich nur so fürchterlich kränken –, so jammerte es wahrscheinlich stumm in ihren niedlichen Köpfchen vor sich hin), aber gegen schweigende Frauen, Frauen, die wenigstens ab und zu mal den Mund hielten, war nichts einzuwenden, zum einen. Und zum andern setzte sich die Lehre nur fest, wenn vorher deutlich und in entsprechender Lautstärke zur Sache gegangen worden war. Also raunzte er sie weiter an, setzte die Wörter wie ein Fremdsprachenlehrer deutlich eines vom andern ab: Hör zu: Im Stau kannst du das Handy benutzen, okay, ja, das hab ich selber dir gesagt. Aber niemals im stehenden Stau. Niemals. Denn dann kanns jederzeit passieren. Ist doch sonnenklar. Du kannst jederzeit neben einem steckenbleiben, der dich telefonieren sieht.

Na, das ists ja auch, was er soll. Oder sie. Er oder sie.

O Gott, jetzt war sie sogar so dämlich, aufzutrumpfen! Als hätte sie nicht eben erst ihren Reinfall hinter sich gebracht und immer noch nichts kapiert. Wahrscheinlich gings ihr um puren Widerstand. Und vor Nervosität warf sie angefaulte Blättchen statt zum Abfall aufs Sieb mit dem verlesenen Feldsalat, den sie ihm nachher servieren würde. Mit heute, wegen ihrer zittrigen Verfassung, garantiert zu grob geschnittenen Zwiebeln, mit zu viel Maggi, zu viel Salz, Essig, Öl, entweder zu viel oder zu wenig, und die Walnußsplitter wären nicht so fein zerbröselt, wie er es gern hatte.

Er oder sie sollen dich mit dem Handy nur dann sehen, wenn sie auf keinen Fall aussteigen und dich drum bitten können, es auszuleihen, dozierte er. Langsam, langsam, der Unterrichtsstoff schien ungeheuerlich schwer zu sein.

Der Mann war sehr nett. Diesmal klang sie pampig. Er hörte die Übersetzung dieser Mitteilung: Der Mann war netter, als du es bist. Oder: Und du bist es nicht, nett, überhaupt nicht.

Na wunderbar. Schon verabredet? Für wann? Und wo?

Ich hab gesagt, er war sehr nett. Warum machst du solchen Unsinn draus? Ihr Männer behauptet immer von uns, wir wären nicht sachlich.

Daß er nett war, war nicht sachlich.

O doch, allerdings wars das.

Wars nicht, indem es nämlich nichts zur Sache tut.

Und es tut doch was zur Sache.

Hat dich das Malheur beschämt oder hats das nicht? Du kamst doch hier rein wie eine vom Schicksal Gebeutelte. Er blickte nicht ganz durch, worüber er sich plötzlich ärgerte. Ihre Schusseligkeit hatte ihm ziemlich wenig ausgemacht, eigentlich paßte sie ihm in den Kram, seine Rolle als Überlegener festigte sich mit jedem kleinen Schlamassel, in das sie sich bugsierte. Wars der *nette* Mann? Ach, egal. Aber kleinlaut und beschämt könnte sie ruhig bleiben. Von mir aus auch beleidigt, obwohl das, bei aller Annehmlichkeit eines versiegten Redeflusses, einen nicht gerade behaglichen Abend mit sich bringen würde. Gereizt warf er schon wieder unbrauchbare Blättchen aus dem Sieb zurück zum Abfall (mehr als unbedingt nötig, aber auch dies war die reine Lehre, wie beim Pfarrer, der sie, dem wahren Amt der Kirche entsprechend, zu verkünden hatte, anstelle all des synkretistischen Firlefanzmischmaschs aus Kernwaffenprotest und Kinderkrippeneinklagen und Öko-Fanatismus), und so waltete auch er hier seines Amtes.

Der Mann (sie blickte zu ihm auf, komisch: sie lächelte ja!), der Mann hat sich mehr geniert als ich, und ich hab mich höllisch geniert. Aber er noch mehr als ich.

So so, ach was. Muß ein ganz Sensibler gewesen sein.

Oh, das war er wirklich, er war einfach nett. Irgendwie

hatte er Verständnis. Und dann das, daß es ihm peinlicher war als mir!

Länger hielt er ihre Gefühlsduselei nicht aus. Nichts wie weg von ihren legeren Untersuchungen des Feldsalats, ganz egal, sein Magen gewöhnte sich vermutlich an die Fahrlässigkeiten, von denen ihr Essensangebot nur so wimmelte. Aber als sie zwischen Küche und Eßzimmer hin- und herging, um den Tisch zu decken, konnte er nicht anders, er mußte ihr die einzig vernünftige Reaktion, diejenige Antwort, durch die es zu keiner Demütigung gekommen wäre (und auch nicht zur Erfahrung, wie reizend und nett und empfindsam dieser Mann gewesen war), vom Fernsehsessel aus zurufen; dazu passend demonstrierte die Werbung für eine Auto-Firma eine mit allen Wassern gewaschene junge schicke Frau, die bei Höchstgeschwindigkeit auf Serpentinen ohne Panik und offensichtlich verknallt gleichzeitig steuerte und ins Autotelefon tuschelte: Was du dem Mann hättest sagen sollen, ist das Folgende, und es ist das einzig Wahre und es liegt auf der Hand und sollte auch auf der Zunge liegen, wenn man seinen gesunden Menschenverstand benutzt, so man hat, haha ... Man sagt in größter Ruhe, höflich, aber bestimmt, so daß es keinen Zweifel gibt: Tut mir aufrichtig leid blabla, und ich würde Ihnen noch so gern mit meinem Handy dienen, aber von eben auf jetzt streikt das verdammte Ding, blablabla, wollte selbst dringend telefonieren, Batterie leer, futsch, aus, eben passiert, Pech, verdammtes. So, mein Schatz, macht man das, vorausgesetzt, man hat seine fünf Sinne beisammen und ist ein geistesgegenwärtiger Mensch.

Ich höre sowieso auf mit der albernen Angeberei. Ihre trotzige Stimme untermalte das angenehm appetitanregende

Geklirr in der Besteckschublade, und es wunderte ihn fast überhaupt nicht, nur ein klein klein wenig, daß er ohne schlechtes Gewissen mit sich im reinen war.

Das brauchst du nicht, sagte er großmütig mit einem väterlichen Unterton, wie jemand, der kein Spielverderber sein will. Du mußt nur beachten, es nicht im *stehenden* Stau zu benutzen. Im stehenden Stau triffst du garantiert immer auf einen, der seinen Termin verpaßt und dich mit dem Retter aus der Not verwechselt. Ich habs dir jetzt genaustens erklärt, wie du dich verhalten mußt. Okay?

Okay okay okay, machte sie vom Eßtisch rüber, trippelte ab in Richtung Küche.

Er fragte sich: Klang sie anzüglich oder gleichmütig? Stimmungsumschwung? Anzüglich wäre ihm lieber gewesen, es hätte ihn ihrer Nähe zu ihm versichert. Zu ihrem Lehrmeister. Und sie ließ sich nicht gern belehren. Gleichmut bei ihr aber könnte bedeuten, daß sie an den netten Blödmann dachte und all sein sensibles Verständnisgetue. Ein richtiger Mann hätte über so einen typischen Frauenschwachsinn den Kopf geschüttelt. Unter Garantie nicht sich geniert! Alles wollen die Frauen genauso gut wie die Männer können oder noch viel besser und ganz obenrauf streben sie, aber wo landen sie? Bei kindischen Spielereien. Bei Attrappen.

Übrigens wurde er dann beim Essen neidisch. Sie erzählte, im nächsten stehenden Stau, als die sich aneinander vorbeischiebenden Autos wieder zum Stillstand kamen, hätte es sich, was für ein Zufall, so gefügt, daß dieser sympathische Mann mit dem eiligen Termin, den er versäumen würde (Grund für seine Bitte um ihr Handy), wieder benachbart im Stau steckenblieb. Wie beim Bekenntnis ihres Reinfalls sah sie rosig und sehr jung aus, sehr hübsch, als sie eifrig drauflos redete: Ich machte ihm Zeichen, ließ meine Scheibe runter, und er tats mit seiner, ich streckte den Kopf raus, er auch, und dann rief ich ihm meinen Einfall zu. Und was wars? Was könnte das gewesen sein?

Er stocherte muffig im Salat, hoffte, ein faules Blatt zu finden, aber er konnte sich nicht gut genug darauf konzentrieren.

Was also rief ich ihm zu? Sie lachte, dann hörte sie sich stolz an: Ich hatte nämlich blitzartig diesen Einfall.

Na, sags schon. Werd ihn los, deinen Spätzündungseinfall. Er wappnete sich mit einem gründlichen Nachschub aus dem Bierglas.

Ich rief rüber: Vorhin hab ich mit dem Dingsda ein bißchen so rumgespielt. Denn ich hätte einen kleinen Jungen, hab ich ihm vorgemogelt, und der wäre schon lang scharf auf so eine perfekte Attrappe und die wäre für ihn.

Hm. Genial. Frag mich bloß, ob er das gefressen hat.

O doch, warum auch nicht? Er wirkte richtig erleichtert, als wäre er und nicht ich die Blamage los, er hat gelacht und so, ich sags dir, meine Niederlage vorher, die hatte ihn mehr getroffen als mich.

Glauben macht selig. Er schaffte es nicht, sich Beifall abzuringen. Mich hätte es nicht überzeugt. Ich rate dir, dich an meine Anweisungen zu halten. Es war eine Spätzündung. Hast zu lang auf der Leitung gestanden. Eine Schwindelei muß wie ein Reflex sein. Sofort – oder gar nicht.

Spätzündung! Reflex! Sein Kopf wurde heiß bei der Erinnerung. Damals aufgeregt, übertölpelt, hatte er wie mit Watte im Gehirn hinterm Steuer geklebt. Erst viel später an der Tankstelle war ihm die Ausrede mit der leeren Batterie eingefallen. Verpaßt. *Sein* Zeuge seiner Schande war längst über alle Berge. Die leere Batterie. Immerhin entschieden professioneller als ihr Mein-kleiner-Junge-Quatsch. Trotzdem würde sie nie etwas von seinem *eigenen* Fiasko mit der blöden Handy-Attrappe erfahren.

Der Salat schmeckt komisch, sagte er. Und das war nicht ganz gelogen. Obwohl der Salat einwandfrei war, so wie gewohnt schmeckte er ihm nicht.

I never smoke Germans

Herzlich willkommen fühlt sich ja keiner, der auf dem Kennedy-Airport am Schalter endlich drankommt, vor allem, wenn es ein LH-Flug war, sagte ich, aber diesmal war ich besonders ungern deutsch. Seit unsere Regierung sich mit Bush-Beleidigungen viel mehr als nur blamiert hat. Beleidigungen vom Cowboy, mit der Hand am schußbereiten Revolver, dem Abenteurer und Kriegstreiber, bis zum Vergleich mit Hitler. Sag nichts, ich weiß auch so, was das wäre. Von unseren eigenen Friedens- und Mahnwachen-Linken kenne ich jede antiamerikanische Argumentation auswendig. Alles zum Kotzen. Und genau damit hat, kriegsangstschürend ohne jede politische Grundlage, in vorletzter Minute dieser Kanzler seine kurslos auf hoher See schippernde Koalition gerettet und die Wahl gewonnen. Und jetzt müssen die Deutschen schon stolz sein, wenn der sowieso gutmütige Colin Powell mit unserem Außenminister ein bißchen lächelt! Und auf einen kurzen Händedruck US-Präsident/deutscher Regierungschef! Und Rumsfeld gönnte, nach erster Schmach des Ignorierens, beim zweiten Mal dem deutschen Kollegen doch wahrhaftig ein Grinsen: Was für Fortschritte! Am liebsten hätte ich der grimmigen älteren Frau von der Immigrationsbehörde oder wofür auch immer sie hinter ihrem Verschlag endlos mit Papieren herummachte, ich hätte ihr am liebsten gesagt: Ich bin für Ihren Präsidenten.

Bist du fertig? Woher weißt du, daß diese Frau für ihn ist?

Sie ist keine Akademikerin und keine Schauspielerin aus irgendeiner von diesen Anti-Bush-Pamphlet-Unterschriftengruppen, und eine Schriftstellerin ist sie auch nicht oder sonst was Ähnliches, Künstlerin. Aber das ist das letzte, was ich noch drüber sage. Damit ich überhaupt noch weiß, warum ich dich besuche.

Schon in einem Howard Johnson's bei Kaffee und Apfelkuchen und dann im Auto zwischen Cheyenne und hier dachte ich, wenn du diesen Abstecher nicht bereuen willst, hör auf mit Politik. Nur mußte ich doch vorher auf diese idiotische Begrüßung reagieren, auf: Noch sind wir eine Demokratie, du kommst gerade noch rechtzeitig. Und daß ihr Amerikaner die Bush-Ära leider durchstehen müßtet, mit allen ihren dubiosen krummen Touren, durch die er ja auch Karriere und sich zum Präsidenten gemacht hätte. Ich hatte nicht vor, zu einem Duplikat von Susan Sontag zu reisen, sagte ich, freigeschüttelt von der Willkommensumarmung am Gate. Oder von Susan Sharandon, die Hollywood-Stars machen ja auch ihre Win-without-War-Kampagnen.

Als Begleitmusik zu meiner längeren Suada dann in ihrem blaßblauen Holzhaus North 17th Street habe ich übrigens ab und zu ein bißchen gelacht und alles in einen knapp noch amüsierten, spöttischen Ton gezwungen, denn von nun an wäre ich Gast. Und um nicht ganz so spartanisch zu leben wie meine Gastgeberin, auf Gnade angewiesen. Ich blickte in eine Zukunft der gastronomischen Entbehrungen. Immerhin hatte ich, gewarnt vom Pero-Instant beim letzten Mal, koffeinhaltiges Pulver durch den Zoll gerettet. Aber nicht das Salz und eine Gewürzmischung, beides haben sie kassiert. Wir rauchten, ich französisch und mäßiger als meine Gastgeberin, aber bei ihr sind es Lights, Carlton's oder Capri Ultra Lights, weil sie viele von ihren *Cigs* braucht und damit dieses Rudiment an unasketisch-Menschlichem, die Nikotinsucht, nicht allzu ungesund ist. Ich erwähnte den schlechten Ruf, in dem Filter neuerdings stehen: Winzige Flimmerhärchen setzen sich in deinen Bronchien ab. Und fragte, auch wieder schön unpolitisch: Gibts irgendwann was zu essen? Obwohl ich mich im Howard Johnson's aus Erfahrung via Apple Pie ein bißchen vorgefüttert habe, kriege ich Hunger allein schon davon, daß ich weiß, die nächste Mahlzeit wird prekär. Steht in den Sternen. Und der Kuchen ist lang her und war auch liliputanisch.

Wir tranken Brandy, ich den zweiten. Den trockenen hysterischen Wind, der von den Green Plains herüberweht, hatte ich nicht vergessen. Alter Feind, begrüßte ich ihn, ja, ich bin tief drin im amerikanischen Kontinent, dort, wohin kein Tourist kommt. Geht also in Ordnung.

Es war mein Ankunftsabend bei meiner Freundin Martha Meyers in Laramie/Wyoming, weltberühmt durch viele alte Western, und dort immer wieder phantasiere ich mich zurück und bin in der sandigen Hauptstraße, durch die mit unbewegtem Ausdruck und von mißtrauischen Einwohnern angestaunt Gary Cooper einreitet, auf der Suche nach einem Stall für sein Pferd und einem Saloon für sich. Martha lebt schon lang hier. Sie ist Deutsche und von ihrem amerikanischen Mann geschieden, auch lang her, ihre zwei Söhne sind erwachsen und fern, fern in jeder Hinsicht, aber es wird telefoniert. An der Wyoming State University lehrt sie als Professorin im German Department, immer weniger gern; zu viele Konferenzen, Komitees, bürokratische Belästigungen engen sie ein, von den Kollegen fühlt sie sich nicht anerkannt, und für ihre private Welt bleibt ihr zu wenig Zeit, denn weil sie ehrgeizig ist, publiziert sie auch eine Menge. Und auf dem Campus kein Ort für ihre Cigs! Sie hat sich vor kurzem ein Stück Land gekauft (wieder Arbeit, die Arbeit einer Western-Siedlerin inmitten der Prärie), sie jagt Antilopen, sie ist eine Pilzfanatikerin und sammelt, trocknet, friert ein, und sie hat Tess, ihren Hund, eine große dunkelbraune genetische Kombination, zu alt, um irgendwas von mir zu erwarten. Tess lag auf dem Rücksitz von Marthas altem Oldsmobile, als wir vom Airport auf den Parkplatz kamen.

Er hat dich erkannt, sagte Martha.

Er hat geschlafen, sagte ich.

Ja schon, aber er hat sofort was anderes geträumt, sagte Martha.

Tess ist mir sympathisch. Haustiere, die einem Gast dauernd und dann unerwartet auf den Schoß springen, mag ich nicht, Katzen tun das. Auf meine Frage nach dem Essen hatte Martha gesagt: Wenn ich meine E-Mails geöffnet habe, setze ich die Suppe auf.

Aha. Wievielter Tag?

Zweiter Tag.

Sie machte alle drei oder vier Tage das Suppenfundament. Immer noch Ramen's Noodle Soup?

Maruchan Ramen, ja, warum nicht?

Ja, warum nicht? Wenn du keine Abwechslung brauchst.

Es ist praktisch so, wie es ist.

Martha bezieht Maruchan Ramen's Noodle Soup im Sonderangebot, zehn Cent das Päckchen, aus Fort Collins. Sie ist nicht ganz authentisch, kommentiert sie, aber annähernd. Sie ist gut genug. Gut genug genügt ihr, es paßt zu ihr. Sie kippt ihre verdächtigen Pilze rein, wechselt ab mit geschnipselten Bohnen, kleinen Möhrchen, manchmal etwas Fisch als Zutaten für die zweiten und dritten Tage. Nur die Pilze sind immer drin.

Es wird wie beim letzten Mal sein, und du wirst dich nicht an ihnen vergiften, sagte Martha zu meinem Vorschlag, ihre einzige Alternative zur Suppe zu essen: Toast mit Käse, Tomaten, dünngepreßte Turkeyscheiben. Und ohne Pause fuhr sie fort: Unterhältst du dich denn nie mit deinen Kollegen? Ich kriege hier ja alles mit, sie bilden doch auch einheitlich eine Anti-Bush- und Anti-Irak-Krieg-Front.

Fängst du schon wieder an? Mit den Pilzen hast du recht, ich werde mich wahrscheinlich wieder nicht an ihnen vergiften, vergiften werde ich mich, wenn ich beim Essen mit dir über Politik rede. Streng dich nicht an, mich umzustimmen. Und schon gar nicht unter Anrufung unserer und eurer Intellektuellen und des Künstler-Lieder-Filmemacher-Mischmaschs. Bitte keine Zitate, ich kenne sie im Schlaf. Auch keine Nobelpreisträger-Pseudo-Weisheiten und anmaßende Belehrungen. »Der Kluge lernt, der Dumme erteilt Belehrungen.« Das war Čechov.

Dann lerne. Lernst du?

Und eure Intellektuellen sind wie unsere, alle nur *sogenannte* Intellektuelle. Lies deine E-Mails, setz diese Zehn-Cent-Suppe auf.

Das Ärgerliche ist nämlich, daß bei politischem Streit immer nur ich es bin, die sich aufregt, die Gegner bleiben ruhig. Manche wollen mich sogar besänftigen, das hat schon meine Mutter nicht geschafft, wenn ich, ein kleines Kind, zornig war. Sei nicht schadenfroh, sagte Berthold, als ich mich über kleine amerikanische Demütigungen für deutsche Politiker freute. Und mein Lektor hat mich an mein Alter erinnert. Er sagte: Wir sind unterschiedlich sozialisiert. Denken Sie an die Care-Pakete, hatte ich gesagt: wie töricht, zu einem, der nie ein Care-Paket bekommen hat! Dann denken Sie halt einfach historisch und damit daran, wie großzügig die Amerikaner all die Nazi- oder Nicht-Nazi-Nachkriegsdeutschen wieder aufgepäppelt haben. Wären Sie, ohne amerikanische Befreiung von der Hitler-Diktatur, heute ein sehr gut bezahlter Lektor? Es gäbe Ihren Schreibtisch nicht einmal und nicht diesen Verlag. Aber diese Drohvision regte doch auch nur wieder mich auf, mein anders sozialisierter Lektor wirkte unbeeindruckt. Wir müßten erst mal lernen, wie die überhaupt ticken, sagte er und meinte die islamistischen Massenmörder des elften September.

Sieh das doch mal anders, empfahl mir Martha, die ihre Suppe-dritter-Tag in unsere Teller schöpfte. Die Deutschen haben aus der Hitler-Ära gelernt. Sie sind friedliebend geworden. Sie sind tolerant geworden. Es ist kein Fehler, wenn sie der Bush-Administration zur Besonnenheit raten.

O Martha, bitte nicht! Bitte nicht diese Lichterketten-*Besonnenheit*! Und dann: Die Deutschen beraten Amerika! Also haben sie nichts gelernt. Das ist doch noch immer der alte deutsche Größenwahn. Wer braucht denn wen? Und, apropos friedliebend, setz mir nicht zu mit dem *diplomatischen Weg* und *politischen Dialog* und irgendwelchen *runden Tischen*, denn glaubst du wirklich in naiver *Besonnenheit* an eine gemeinsame Sprache zwischen dir und einem Wahnsinnigen? Saddam ist einer, und ein Krimineller, übrigens: Mit welchem seiner Doppelgänger möchtest du denn gern verhandeln? Sag mal, hast du ein bißchen Salz?

Salz?

Salz. Hast du welches? Kann sein, daß die Suppe in Ordnung ist, aber ich brauche einfach etwas mehr Salz als andere Menschen.

Martha reichte mir eine Packung, auf der ich das Wort *Health* las. Sei vorsichtig, riet sie mir. Denk an deine Nieren.

Ist das noch die Packung von vor anderthalb Jahren? Ich denke lieber beim Essen an meinen Gaumen. Diesem Salz ist das Salz entzogen, oder?

Tess und ich, wir mögen es. Aber sag mal, willst *du* Krieg?

Was für eine Frage! Keiner will Krieg. Alle schimpfen auf Amerika, aus Neid, Supermacht, hegemonial, diese vergebliche Konkurrenz ist nur schimpfend auszuhalten, die Briten lasse ich weg, aber wenn es irgendwo brenzlig wird, nach wem wird gerufen? Wer soll helfen? Solang alles mehr oder weniger gutgeht, sind wir tolerant, genau betrachtet ziemlich doof, wir bauen eine Moschee nach der andern, eine Frau, deutsch, nach einem Informationsbesuch an einem *Tag der offenen Moschee*, lächelte überglücklich und sagte, zum wollwedeligen Mikrophon des Fernsehreporters vorgebeugt: O ja, ich habe sehr profitiert! Und da und dort viel Ähnliches zwischen dem Koran und dem Neuen Testament gefunden!

Ich lachte und steckte Martha nicht damit an, auf der Küchenveranda packte eine Böe zwei Rattansessel und warf sie gegen das Holzgeländer, Martha fand die Frau gutwillig und mich voll Häme und brauchte eine Ultra Light mitten in der Suppe. Weil ich wußte, daß sie das nicht vorhatte, sagte ich: Wie es aussieht, verläßt du garantiert nach der Pensionierung dieses Land und gehst zu den friedliebenden Deutschen zurück. Und weil sie mich durchschaute, sagte sie: Ich habe mir dieses Stück Land gekauft, und morgen werden wir rausfahren, und du wirst mir dabei helfen, ein Zaunstück, das der Wind über eine Pferdetränke geschleudert hat, wieder hochzukriegen. Der Nachbar kann es diesmal nicht machen, er ist krank. Und wir werden die Bäume und die andern Pflanzen bewässern, eimerweise, der Wind trocknet alles aus.

Schöne Aussichten! Wie beim letzten Mal wären wir in Marthas alte Thermosachen bis oben hin vermummt, damals im Sommer gegen Moskitos und trotz Hitze, jetzt, weil der Novemberwind eisig war. Überwach vom Flug westwärts trank ich Marthas Nestle's Sunrise mit fünfzig Prozent weniger Koffein, ich sagte: Das ist deine unpolitische Rache, Landarbeit. Denk nicht, daß ich die USA glorifiziere. Was mich aufstört, das sind die deutschen Reaktionen. Politisch antiamerikanisch, im Alltag Stimmen- und Verhaltensimitatoren. Weihnachten naht, und die deutschen *Moms* und *Dads* lassen die *Kids* wieder *Jingle Bells* singen.

Von dir zuletzt hätte ich irgendwas Deutschtümelndes erwartet. Ich frag mich, wo Tess steckt. Martha öffnete die Fliegengittertür zur Küchenveranda, rief mit der Trillerpfeife nach dem Hund. Kalt und naß stürzte sich der Wind ins Zimmer. Und *du* hast auch schon x-mal O.K. gesagt. Martha schloß die Tür, trank Sunrise, rauchte Carlton's. Und gegen Krieg darf man ja wohl noch sein, oder?

Ja, aber nicht so undiplomatisch, nicht so plump, um eine Wahl zu gewinnen, so opportunistisch. Frankreich war *diplomatisch* kritisch, Rußland auch. Und deutschtümelnd? Ich? Wir haben schon als Kinder Fremdwörter geübt und unsere Nazizeit-Lehrer damit geärgert. Ein Bush hätte uns damals auch befreit, bei eurem Liebling Al Gore bin ich da nicht ganz so sicher.

Und was ist mit unserer Nikotin-Verdammnis? Nach dem Flug warst du ganz schön schwabblig.

Gut, die ist brutal. Aber wir sind da auch schon fast soweit. Die Airport-Frau blickte haßerfüllt auf meine Gauloises, und ich sagte: French Cigs! I never smoke Germans!

Als ich am nächsten Morgen in Marthas Kochnischen-Allzweckzimmer kam, hatte ich schon meinen eigenen starken Kaffee intus, Martha kaute an ihren Vitamin C und B 50, mir Brannys hingestellt und kleine Kuchen aus Mais und Gerste, ich esse ganz gern mal etwas pervers; sie aß Toast mit Marmelade aus anonymen Beeren, die sie auf ihrem Land erntet, mit Corn-Syrup süßt, und trank ihren Lemon-Soother-Tee, und eine Light glomm schräg im Aschenbecher. An meinem Platz lag ein Aufruf deutscher Schriftsteller, zu dem ich sagte: Lese ich nicht. Ist doch paradox: Sie alle reißen sich in ihrer US-Empörung doch um US-Stipendien, lassen es sich als Writers in Residence wohl sein, kassieren die bösen Dollars des Kapitalismus. Und die meisten sind älter, also nicht *anders sozialisiert*. Kleine eifrige Nazimitläufer waren sie, nächstes Gruppenasyl Kommunismus, immer fern selbständigen Denkens, genuiner Idiosynkrasien, und die hatte *ich* schon als Kind.

Aber mit den entsprechenden Eltern, im Pfarrhaus. Gut, unser Familienwiderstandsnest rechne ich schon dazu und bestehe trotzdem auf dem, was dir angeboren ist, was du selbständig empfindest. Entweder du bist Individualist oder bist es nicht. Gemeinschaftsgeist, ich haßte schon das Wort *Gemeinschaft*. Macht mir einen Ekel.

Ich *wurde* es, eine Individualistin. Martha blickte düster. Und du paßt nicht gut zu deinem Freund Bush, ohne Gemeinschaftsgeist.

Mein Freund Bush! Ich rutsche nicht anbetend vor ihm auf den Knien. Mir gefällt seine Konsequenz. Er hat den schläfrigen Sicherheitsrat aufgeweckt. Den elften September schluckt er nicht runter, was ja bequemer wäre.

Rhetorisch ist das längst Krieg bei ihm. Martha hatte schon die Nachrichten gehört, die Lehrer-Nachrichten, die regionalen, die überregionalen. Sie seufzte. Krieg hat noch nie ein Problem gelöst.

Krieg und sonst gar nichts hat uns von den Nazis befreit. Du Deutsche hättest kein amerikanisches Uni-Büro, wenn die Amerikaner dich nicht befreit hätten. Ich werde nie antiamerikanisch sein. Ich war zwölf, ich vergesse den Nachmittag nicht, auf ihren leisen Sohlen stapften die GI's durch unseren Garten, mit seiner Brille sah der Chef der kleinen Gruppe wie ein Neurologe aus, und er lächelte, und mein Vater, empfangsbereit in der offenen Haustür, lächelte auch, und ich wunderte mich, weil er plötzlich so gut Englisch sprach, und war stolz auf ihn und auf diesen Augenblick und verliebt in sie alle. Kannst du mir wieder dieses Health-Salz geben?

Ich bekam die Packung mit dem Kommentar, beim letzten Mal hätte ich die Mais- und Gerstekuchen gelobt. Martha kündigte Krieg an: Ganz einfach, weil er ihn will, George W. Bush.

Weil wieder die Kontrollinspektionen eine Farce sind.

Du solltest dich bei der U.S.I.A. melden. Es geht um psychologische Kriegsführung. Rumsfeld will, daß im Ausland proamerikanisch berichtet wird, und Colin Powell hat schon eine Fachfrau eingestellt, und du wärst eine Idealbesetzung für Essays. Von romantischen Erinnerungen bis zur deutschen Toleranz gegenüber anderen religiösen Mentalitäten. Aber vorher fahren wir aufs Land und reparieren den Zaun.

Warum wird Amerikanern nicht auch, wie den traditionsschwachen Deutschen mit ihren synkretistischen Cocktails aus fremden Religionen, das Christentum langweilig? Ehe ich bei U.S.I.A. mitmache, schließt du dich dem deutschen *Aufstand der Anständigen* an. Amerikafeindlich bist du ausländerfreundlich. Du bist gut. Ein guter Mensch. Und ich schreibe schadenfroh über unsere Regierung, die erst mal lernen muß, was UN-Resolutionen und bündnispolitische Verpflichtungen überhaupt sind. Und danach unter Verrenkungen den zweiten Wahlbetrug erklären müssen, deutsche Soldaten bleiben in den AWACS sitzen, und so weiter, und *Mit mir gibt es keinen Krieg*, die Kanzler-Behauptung, wird genauso wie vorher *Mit mir werden keine Steuern erhöht* zunichte sein. Und jetzt brauchen sie Nachhilfestunden, um zu kapieren, daß sie doch nicht von der Tribüne aus zuschauen können, wenn Amerikaner und andere Verbündete auf Eskalationen des Konflikts am Golf reagieren, sie müssen die politische Wirklichkeit entdecken. Mit der apodiktischen Wucht, der wahlkämpferischen Kriegswiderstandspose, griffig-blamierender Rhetorik, die Bush zum Kriegstreiber brandmarken sollte, haben sie zwar für den Wahltag die Deutschen leicht gewonnen, bald aber folgten die weniger erfolgreichen War-ja-alles-nicht-so-gemeint-Kniefälle in Washington, die Canossa-Gänge, die Selbstisolation ist perfekt. Uff! Martha, mein Magen ist nach dem langen Flug plus Nikotinentbehrung noch problematisch, lassen wir ab sofort die Politik. Und vielleicht sogar dein defektes Zaunstück draußen. Das Wetter sieht grimmig aus.

Und es wird noch grimmiger werden. Wir räumten den Frühstückstisch ab, Martha sagte, im Radio hätten sie Schnee angekündigt. Und daß Tess ihr, als sie ihn um sechs rausließ, wieder entwischt wäre. Der Zaun müsse repariert werden, bevor es mit dem Schnee losginge. Sie drehte an Knöpfen und drückte Tasten an einem Mini-Gerät, das ich erst jetzt bemerkte. Ein exotisches Handy? Ein Kassettenrecorder. Martha hatte alles, worüber wir bisher gesprochen hatten, für ihre Studenten aufgezeichnet. Es wird für sie Neuland sein, die erste Pro-Bush-Stimme im Chor meiner kleinen Sammlung deiner Kollegen. Fühlst du dich nicht vereinsamt? Allein auf weiter Flur?

Allein auf weiter Flur fühlte ich mich im Prärie-Landstück draußen, dreißig Meilen weg von Laramie beim letzten Mal, damals in der Sommerhitze, jetzt im voraus bei eisigem Nordwind, aber ich müßte nur wieder mich selber spielen, mich in einem Western in der Rolle einer Siedlerin, die der ungezähmten Natur ihren Besitz abzwingt, und alles ginge gut. In diesem Moment kratzte Tess an der Fliegengittertür, warf eine zerfetzte watschlige Beute aus der Schnauze, das Hinterteil eines Antilopenjungen, und es fing an zu schneien, und der Wind blies Gary Cooper ins unbewegliche Gesicht, später, als wir am Zaun scheiterten, und ich nur durchhielt, weil ich, eyes shut, Donna Reed war.

Stilles Wasser

Leonie, eine Liebhaberin säuberlicher Registraturen (und ein Sommerseminar über Kalligraphie machte sie auch mit, aber dies hier tippte sie besser in den PC), betitelte ihre Aufstellung *Bilanz*. Unterüberschrift mit Spielraum zwischen den zwei Soll- und Haben-Kolonnen: *Pro, Contra*. Erste Eintragung unter *Pro:* Hätte Lust. Darunter (Leonie wollte nicht gleich auf die deprimierende Gegenseite überwechseln): Verliebt. Ich etwas, R. sehr. R. war Rag, eigentlich Ragnar, obwohl er überhaupt nicht aus Schweden war oder wo sonst Männer Ragnar hießen, und vor etwas mehr als drei Wochen hatte Elfriede, die es von ihrem Freund Klaus wußte, Leonie mit der Überraschung benebelt, Rag wäre scharf auf sie, wirklich und wahrhaftig auf sie, Leonie, die im Büro *unser stilles Wasser* hieß (vielleicht, weil das netter klang als *Mauerblümchen*), und wahrscheinlich weckte diese Botschaft ein Gefühl in ihr auf. Es war so erstaunlich, so schmeichelhaft! Wäre sie Rag, der als neuer Filialchef das Tourismus-Büro leitete, durch Fleiß aufgefallen, hätte es sie nicht gewundert, denn fleißig war sie.

Zwei *Pro*-Gründe waren gesammelt, triftige Gründe. Warum kam sie trotzdem nicht in Schwung? Ach, ganz einfach, ganz gräßlich: Weil sie die *Contras* nicht aus dem Kopf verbannen konnte. Ihr fiel kein zwingender nächster Posten fürs *Pro* ein. Elegant und gar nicht nach Ausrede würde sich anhören, wenn sie Rag (du lieber Himmel, nur noch vierzig Minuten, dann riefe er an!) erklärte: Ich bin eine Frau für den Herbst. (Fürs Handschuhwetter, dachte sie.) Herbst am Meer, das ist romantisch. Gegen den Sommer hätte sie genug Gründe, die Badegäste, Ballspieler, das Geschrei, alles das, Tumult, der die Stimmung störte. Leonie seufzte. Rag bis zum Herbst hinzuhalten bedeutete, sein Interesse an ihr aufs Spiel zu setzen. Männer waren ziemlich flexibel. Ein Café statt Meer, wie wärs damit? Pessimistisch trainierte Leonie ihre Fingergelenke, die ihr natürlich nicht ausnahmsweise den Gefallen taten, besser zu funktionieren. Und schon gar nicht: besser auszusehen. Nur darum ging es. Fingerfertigkeit wurde nicht verlangt, gut aussehen hieß das Gebot der Stunde. Leonie kam in Fahrt. Rechts unter *Contra* wuchs die Kolonne schnell: Klumpfinger. Klauen. Violett verfärbt. Beulenpest. Keine Ringe mehr. Hier klemmte sich zwischen ihre Fehlbeträge und den Mut zu bekennen eine Blockade: Resignation? Leonie mußte an das grandiose braunschwarze Rennpferd denken, das gestern im Fernsehen beim Hindernislauf vor dem letzten hohen Gatter plötzlich, und nachdem ihm alles glanzvoll gelungen war, den Sprung verweigert hatte. Die Ringe! Um die wars wirklich jammerschade. Als sie sich noch an die Finger zwingen ließen, konnte Leonie sich auf den Neid jeder Frau verlassen. Gut gespielt überrascht hatte sie dann immer im Moment des Oh-wie-wunderschön-Ausrufs kurz auf ihre Sachwerte geblickt und beiläufig *alter Familienschmuck* gesagt. Es war ein Verlust, und sie nahm ihn tragisch. Obwohl Immy überhaupt nur einen einzigen Ring trug und den auf die veraltete Art am linken Ringfinger, wie brav. Nur gehörte Immy, ihre beste Freundin, nicht zu den bewunderten Freundinnen. Bei denen hatte Leonie sich die wie mit Schlagringen bewaffneten Finger abgeguckt und sich damit modernisiert (kam einer Verjüngung um Jahre gleich). Auf der Tischplatte spreizte sie die Hände. Besonders blöde fand sie die Polster auf den Handflächen, von Stauungen verursacht, eine geballte Faust sah wie Saltimbocca aus: versunken die Knöchel. Ihre Physiotherapeutin glaubte noch an Eispackungen, Gummibällchen, Knetmännchen oder tat so, ihren Einnahmen, aber auch Leonie zuliebe, Dehnen, Strecken, katholisches Beten, Üben, Üben. Der Mittelfinger rechts wölbte sich wie eine mißglückte Wurst, wirklich, der Anblick hatte etwas Metzgereiartiges. Selbst mit Ringen, die noch passen würden, wärs ein Mißgriff, als Blickfang. Von den einst hübschen Halbmonden auf den jetzigen Stummelnägeln konnte man nur noch träumen. Die Nagelhaut ließ sich nicht mehr zurückschieben, weil die blaurote Haut spannte. Ein so schwerer Befund schon mit knapp über Vierzig!

In Leonies fatalistische Verfassung platzte Rags Anruf: Lieber Himmel, sie hatte völlig ihr Zeitgefühl verloren! Rannte zum Telefon, wartete aber, damit es für Rag nach etwas kränkender Seelenruhe aussähe, überhaupt nicht nach nervöser Erwartung, vier elektronische Klingeldreiklänge ab, bevor sie sich meldete. Mit *Hallo* plus Fragezeichen, als könnte das irgendwer sein.

Hallo, Leonie. Rag klang nicht richtig verliebt. Er klang nicht schüchtern. Mußte jeder Verliebte schüchtern sein? Woher sollte sie das wissen, ein *stilles Wasser.*

... und wenn der Wetterbericht was taugt, bleibt das Hoch ortsfest ... Leonie konnte sich nicht gut auf Rags Kommentare zum bevorstehenden Wochenende konzentrieren. Jetzt kam was von idealem Strandtag und In-den-Dünen-Liegen.

Hört sich verlockend an. Glatt gelogen, und mit ihrer Zwitscherstimme war Leonie auch nicht zufrieden. Sie sah voraus, daß Rag sie einwickeln würde. Was leicht war, denn wie prächtig stände sie als die aus dem Büro-Sortiment Auserwählte da! Außerdem fürchtete sie ihr Problem mit dem Nein-Sagen. Übrigens kriegten Männer ja nicht mal mit, was Frauen anhatten. Höchst fraglich, ob sie auf Hände achteten. Kurz: nach wenig Hin und Her sagte Leonie zu.

Hochstimmung! Wetterberichte irrten sich dauernd. Tief in die Manteltaschen gestopfte Hände, Regen. Im Café nähme sie etwas, das man nicht löffeln mußte (obwohl sie Eis liebte), Apfelgebäck, kurz zwischen Daumen und Zeigefinger rauf zum Mund, dann weg mit der Hand. Also das alles ginge in Ordnung. Und beim Abschied abends im Torbogen, der zu ihrem Teil des Blocks führte, wäre sie die Spröde aus einem alten Film, ein Kuß: okay, aber Fortsetzungen würde ein sphinxhafter Später-vielleicht-Blick verbieten. »Isn't it romantic«, summte Leonie und mußte an William Holden denken, was etwas störte, denn an den kam Rag überhaupt nicht heran. Doch das Aufreihen ihres kostbaren alten Familienschmucks auf eine goldene Halskette (acht Ringe!) sorgte für die Balance, und ihr Spiegelbild mit der Kette und drei statt zwei geöffneten Blusenknöpfen stimmte sie zuversichtlich, wenn auch die Ringe übereinanderpurzelten und Männer auf das, was Frauen anhatten, nicht achteten. O mein Gott: Da spülte sich wie Strandgut das Wort *Badewetter* aus dem Bewußtseinsstrom! Ein erstes Rendezvous und schon halbnackt! Unmöglich! In extremer Not konnte Leonie sich zur Heldin steigern: Sie rief Rag an und brachte *die Herbstfrau* unter. Das Meer im Herbst, im Sommer wäre sie der Stadttyp. Für ein kleines Glucksgelächter gab sie sich eine gute Note, es hörte sich nach Flirten an.

Tut das eigentlich weh? fragte Rag.

Ach du grüne Neune: Meinte er etwa ihre Arthrose-Finger? Hatte sie längst gesehen? Während Leonie mit einem Rest Spucke im Mund *Gar nicht* antwortete, fiel ihr Elfriedes Offenbarung ein und ein Gewicht von der Seele: *Der ist scharf auf dich, und ich habs von Klaus.* Daraufhin verabredete sie sich zum zweiten Mal für den Ausflug ans Meer mit Rag. Einen Badeanzug konnte man vergessen haben, wie einfach. Der Samstag begann mit penetranter Sonne, gruslig wolkenlosem Himmel und Leonies scheußlich verspätetem Schrecken: Am Strand zieht man die Schuhe aus. Sie hatte mit den idealen Sandalen Glück gehabt, unter breiten weißen Riemen sah man die höckrigen Arthrosezehen überhaupt nicht, aber die Sandalen müßte sie natürlich ausziehen. Leonie liebte Barfußlaufen im Seesand.

Verdammt, schimpfte Rag. Er telefonierte mit Klaus. Diese Leonie gibt mir doch wahrhaftig einen Korb. Irgendwas mit einem Freund, und daß er unerwartet anrollen würde, hat sie geflötet, was hältst du davon?

Leonie? Verdammt. Klaus fand sich nicht sehr einfallsreich, rappelte sich auf: Wer soll ihr den Freund glauben? Sie ist ein altes Mädchen mit Fracksausen vorm ersten Date in ihrer öden Biographie ...

Wart mal, oder meinst du, sie ist vom andern Ufer?

Ach was, da ist nichts mit Ufer. Sie heißt *Stilles Wasser* bei den Mädchen. Sie ist bloß das Wasser. Rag inhalierte seine Marlboro und brachte es beim Ausatmen auf drei in einem Sonnenstrahl bläuliche Ringe. Und die sind tief, die *Stillen*

Wasser, dachte er. Dumme Geschichte. Sie langweilte und ärgerte ihn. Zeitverschwendung.

Die Freunde starrten mißgünstig vor sich hin, was sie voneinander nicht wissen konnten, und jeder schien in seinem Blickfeld dieses vermessene Weibsstück bedrohlich zu fixieren, Leonie, die es fertigbrachte, sie ins Bockshorn zu jagen. Nach unergiebigem Austausch von Knurrlauten und Flüchen klang Klaus plötzlich aufmunternd: Mach dir nichts draus, ich weiß Abhilfe. Ich verschaff dir Hanni. Bis halb drei hast du sie. Er wieherte: Hihihi … *Hast du sie* bedeutet, sie wartet am Treffpunkt. Klar?

Na gut, murrte Rag. Danke.

Aber es wäre nicht dasselbe. Hanni war auch keine Miss Universum, aber im Gegensatz zu Leonie hatte sie was, und das schützte sie vor dem Reinfall, der die Sache für Leonie gewesen wäre. Nach spätestens fünfzehn Minuten schnappte sich so eine Hanni Ersatzmänner. O nein, Hanni zu versetzen und hinterher *Tut mir so leid, habs total vergessen* zu sagen – wirklich, es wäre ganz und gar nicht dasselbe.

Die Kinder am Meer

Seit Mary Spira sich dazu entschlossen hatte, ihre Bettcouch nur noch für die paar Verrichtungen zu verlassen, die mit der Versorgung von Lebrecht Spira zusammenhingen, gab sie sich voll ihrem Fimmel hin und las ihre alten Kinderbücher. Für den Alltag fühle sie sich zu hinfällig, erklärte sie, und fügte manchmal beruhigenderweise *im Hochsommer* hinzu. Beim Lesen verreiste sie in ihre Vergangenheit, stieg an der Station Kindheit aus. Aber mit der Zeit bohrte sowieso nur noch ihre Schwiegertochter, die aktive Christa, in dieser Wunde herum: Marys seltsamem Rückzug. Wenn *du* es nicht machst, dann hetze *ich* ihr den Arzt auf den Hals, sagte sie zu ihrem Schwiegervater, der sich dann immer ein bißchen duckte, als würde er wie kleinen Steinen ihren Wörtern ausweichen. Innerlich wiegelte er ab und verbuchte es als gutes Zeichen, daß seine Frau ihr Nachtquartier für den Tagesgebrauch umräumte: Er bekam zu essen. Am späten Vormittag schlüpfte Mary aus dem Morgenrock und zog über eine ausgeleierte Hose einen weiten alten Pullover (mitten im Sommer!, aber den sperrte sie, so gut es ging, hinter Klappläden und Vorhängen aus). Und als sein Enkel Nick ihm verriet, daß er bei ihnen nicht mehr aufs Klo gehen solle wegen irgendwelcher Bakterien, fragte er die sowieso mitleidige Nachbarin Kübler, ob sie ihre Türkin gelegentlich entbehren und ihnen für ein paar Stunden pro Woche ausleihen könne, was sich einrichten ließ. Die demütigende Erfahrung durch Nicks kindliche Offenheit hatte ihm die Augen geöffnet, und was sie sahen, war eine verdreckte Wohnung. Dank der Türkin nun nicht mehr. Alle, die über die sonderbaren Zustände bei ihnen mutmaßten, bewunderten ihn, denn Mary mußte eine wahre Geduldsprobe sein. Zum Glück hatte sich wie von selbst das Gerücht *Herzinsuffizienz* herangebildet, und nur die kritische Christa glaubte nicht daran. Sogar bescheuert nannte sie ihn, weil er das mitmachte. Die gute Mary drückt sich davor, dir einen angenehmen Ruhestand zu verschaffen, spielt das Kind und imponiert dir sogar noch! Wenn du es gut mit ihr meinst, baggerst du sie von ihrem Lager hoch und schwenkst sie ein paarmal über ihre alten Kinderbücher und dann, plumps!, wirfst du sie auf dem Boden der Tatsachen ab.

Herr Spira fragte sich, ob er das überhaupt wollte, und wenn ja, wie dringend. Natürlich, er war beunruhigt. Er liebte Mary, und häßliche Absichten (Unsinn: ihm den Ruhestand zu vermasseln) könnte er ihr nie und nimmer unterstellen. Gut, sie absentierte sich, aber sie versorgte ihn. Bei seinem Frühstück sah sie ihm sogar eine Zeitlang zu, hielt sich wacker auf dem Stuhl ihm gegenüber am Tisch und fragte, ob die Eier richtig wären oder die Toasts oder die Milch zum Haferbrei süß genug und der Haferbrei so sämig, wie er ihn gern hatte; sie war nicht von der Gewohnheit abgewichen, ihn abends nach seinem Frühstückswunsch zu fragen, und er bekam sein gesamtes Repertoire; so verhielt sich doch keine Frau, die ihrem Mann den Alltag verhunzen wollte! Wahrscheinlich ging es ihr wirklich nicht gut. Wahrscheinlich sehnte sie sich nach ihrem Lager und den Kinderbüchern, während sie ihm Kaffee einschenkte und ihn ernsthaft anblickte, und er die Schnapsidee hatte: Ihre Augen, ihr Mund, alles von der Stirn über die Nasenspitze bis zum Kinn sieht aus wie ein Seufzer. Seit sie in die Jahre gekommen war, erinnerte ihn Marys einst eiförmiges Madonnengesicht an ein gotisches Kirchenportal bei schlechtem Wetter: Der Kategorie blieb sie treu. Von einem Mittelscheitel geteilt, über Schläfen und Ohren nicht straff in den Nacken gezogen und dort zusammengerafft, rahmte ihr früher dunkles, jetzt interessant meliertes Haar die Kathedralenpforte ein.

Wie bringt die Ärmste nur die Zeit rum, den lieben langen Tag auf dem Sofa? Frau Kübler blickte über die Buchsbaumheckengrenze zwischen den Nachbarsvorgärten, sie hatte an ihren Rosen herumgeschnitten, als Herr Spira mit zwei Abfalltüten zum Mülleimer ging.

Sie hat schon immer für ihr Leben gern gelesen, antwortete Herr Spira, und oft tats ihr leid, weil die Zeit für ihre Leidenschaft fehlte. (Er ließ die Kinderbücher weg. Alles andere: wahrheitsgemäß.)

Daß Mary ihr Lektüreprogramm so radikal rückwärts gewandt hatte, erleichterte ihn, wenn er ganz ehrlich war, trotz der leichten Beunruhigung, die das Phänomen selbstverständlich auch auslöste. Denn einerseits war er zwar auf eine Leseratte-Ehefrau stolz und erzählte überall herum, daß sie das war, aber auf der andern Seite machte ihm der Eindruck zu schaffen, ihr gegenüber in den Rückstand geraten zu sein. Er begnügte sich mit Zeitungen, Auto- und Sportzeitschriften und einem geographischen Magazin und war als Eisenbahn-Liebhaber auf den *Kleinen Eisenbahner* abonniert. Nach seinem Lebensplan sollte sich das mit dem Ruhestand ändern, aber nun hatte er den Versicherungsvertreter schon seit über einem halben Jahr abgestreift wie ein zu enges Futteral und doch den Schritt vor die Bücherregale noch nicht gewagt.

Mary schmökerte sich durch den Stapel neben der Couch. Viele Bücher stammten aus der Zeit, in der ihre Tanten, jetzt über achtzig, Kinder gewesen waren. Sie liebte diese Bücher zwar, erlebte sie aber nicht mit der gleichen Leidenschaft wieder wie den Lesestoff aus ihrer eigenen Kindheit, und ausgerechnet der war rätselhafterweise schrecklich gelichtet. Ich werds damals Freundinnen ausgeliehen haben, klagte sie. Oder meine Mutter hat ausgemistet, und die schönsten Sachen sind zum Müll gewandert, sie war so rasch und praktisch, sie war wie Christa. Lebrecht, frag Christa, es könnte doch sein, daß ich ihr was gegeben habe. Mary seufzte. Als ichs noch für selbstverständlich hielt, daß die Kinder lesen würden. Wieder ein Seufzer. Manchmal stand Mary auf, bloß um in dem Bücherwinkel nachzuschauen, von dem sie hätte schwören können, dort, was sie vermißte, zu finden, obwohl sie die Lage schon viele Male überprüft hatte. Beim Gehen zog sie ein Bein nach. Was fehlte und wonach sie sich am meisten sehnte, stand ganz oben auf ihrer Wunschliste: 1) *Die Kinder am Meer.* 2) *Dudeleins Garten und Schippels Kinder.* 3) *Schimm* und *Schimm bleibt Schimm.* Und genau die sind nirgendwo aufzutreiben, sagte sie zu Christa, die mit eingemachten Aprikosen und Pflaumensaft vorbeigekommen war. Ich hatte den Sommer gern beim Lesen in diesen Büchern. Ich meine, den Sommer in den Büchern. Den um mich herum konnte ich dann vergessen.

Du mußt ein seltsames Kind gewesen sein. Christa klang mißbilligend, und Herr Spira, der in einem defensiven Abstand von der Couch und den beiden Frauen stand, hoffte, seine Schwiegertochter würde sich nicht weiter bei ihnen umsehen. Zum Glück wars dämmrig. Die Türkin war für drei Wochen in die Türkei gefahren, die Wohnung ziemlich verschmutzt.

Ich hatte Heuschnupfen, fing schon im Frühjahr an, sagte Mary. Im Sommer fuhren wir ans Meer, aber wenn der Strandhafer blühte, half auch das Meer nichts. Seltsames Kind? Mary überlegte. Ich stand unter Einfluß. Unterm Einfluß meiner Lieblingsbücher, und Elsie und ich, wir spielten diese Kinder aus den Büchern, wir *waren* sie ... Und am wirklichen Meer ists mir eigentlich immer zu ruppig und schattenlos gewesen, und ich mochte den Wind nicht, seit ich eine Ponyfrisur hatte. Lebrecht, mach doch für euch zwei einen Kaffee oder Tee.

Das übernehme ich, entschied Christa und stand von ihrem Schemel mit Polstersitz auf, aber ihrem energischen Abmarsch in die Küche beeilte Herr Spira sich mit Protest (hier sei sie der Gast) zuvorzukommen. Den Zustand der Küche konnte er nicht mit Hausfrauenblick beurteilen, seinen Ansprüchen hatte er in der Mittagszeit genügt, was aber nichts besagte. Und was möchtest du, Liebes? fragte er seine Frau, eine richtige alte Kaffeetante, froh, die Tür zur Diele vor Christa erreicht zu haben. Keinen Kaffee? Mary wünschte Schokolade oder sonstwas mit viel Milch und schön süß, und Christa baute sich vor ihrem Ruhelager wie ein Arzt bei der Visite am Krankenbett auf, blickte kritisch, stellte die Diagnose: Jetzt wiederholst du das auch noch, außer dem Lesen in diesen alten Schinken spielst du auch das Kakao-Kind. Du tust so, als wärs damals. Sie beugte sich zum Bücherstapel hinunter, las Titel vor: *Mütterchens Hilfstruppen. Professors Zwillinge.* Und diese *Nesthäkchen*-Bände, ohgottogott, das alles ist doch totaler Kitsch und realitätsfern, erst recht heute, aber es wars immer schon! Oh, Omi, Omi, vor deinem Exil und Herumliegen in diesem Zimmer hast du anspruchsvolle Literatur gelesen, du weißt eine Menge über die alten Russen und die neuen Amerikaner, Omi!

Diese zwei senkrechten Falten über deiner Nasenwurzel werden sich bald tief eingraben, wenn du nicht aufpaßt, sagte Mary, und dann, etwas schärfer: Halt dich bitte an die Abmachung, ich heiße nicht Omi, ich bin O'Mary.

Herr Spira bekam alles mit, weil er verdammt noch mal zwar Kaffee einigermaßen hinkriegte, bestimmt aber nicht Schokolade, und deshalb seine Schwiegertochter doch in der umstrittenen Küche brauchte. Ihm gelang ein gutmütiger Ton, mit dem er fragte: Wann beehrt uns eigentlich unser lieber Sohn mal wieder?

Sobald eure Türkin hier wieder waltet. Gerd hat eine Stauballergie, sagte Christa.

Mary liest zur Zeit was über ein Kind im verwahrlosten Milieu und will es deshalb ein bißchen ähnlich um sich haben, log Herr Spira in der Küche und kriegte noch ein Lob für die Einfühlungsgabe seiner Frau hin und daß sie einfach mehr Phantasie habe als die meisten anderen Menschen, und nach ihrer Auffassung Kinder einen Kitschbedarf hätten.

Ach ach, Opi! Wie kannst du sie bloß noch unterstützen! Sie verdusselt uns ja noch, du wirst sehen.

Nicht Opi, O-brecht! Herr Spira besann sich auf Marys Kritik an der *Omi*. Nebenher beobachtete er zufrieden Christas geübte Flinkheit bei der Herstellung von Marys Schokolade. Am Pulver hatte sie allerdings vorher herumgeschnuppert, bei der Verwendung die Mundwinkel heruntergezogen.

Im übrigen, Christa, sie vermißt Nicks Besuche. Er war

jetzt lang nicht mehr da, und das kommt ihr komisch vor. Sie meint, du willst es nicht. Und daß doch er *Die Kinder am Meer* hat.

Hat er nicht. Marys Einfluß auf Nick ist wirklich nicht der beste. Ich meine, seit sie *krankes Kind* spielt. Warum fragt ihr nicht Elsie?

Elsie war Marys Zwillingsschwester. Aus Mitleidsliebesgemisch rang sich Lebrecht zu einem Telefonat durch: Immerhin gings an die Ostküste von Nordamerika! Er hoffte, Mary zu überraschen: *Die Kinder am Meer* stehen bei Elsie im Regal! Doch Elsie, die sofort *Oh ja, es hatte einen blauen Leineneinband!* gerufen hatte, besaß das gemeinsame Kultbuch nicht. Aber wie gut ich mich erinnere! Mehr optisch, weniger an den Inhalt. Ich seh das Haus in den Dünen richtig vor mir, und es ist heiß, ich rieche die Kiefernnadeln vom Wäldchen! Längst fand Herr Spira den Überschwang seiner Schwägerin zu ausführlich, Überseekontakte (er sah den Atlantik vor sich) machten ihm angst, bei der es sich nicht nur um Geiz handelte, gewiß, ans Geld dachte er auch, zu einem Drittel gings um Sparsamkeit, der Rest war etwas anderes. Er mußte Elsie stoppen: Mary weiß auch alles von den Dünen und Kiefern, Pech, daß du das Buch nicht hast, aber ich werds schon hier auftreiben. Machs gut, war nett, dich zu hören.

Lebrecht, du bist ein Guter (Elsie ging auf sein Schlußwort nicht ein!), nur, wenn du nichts weißt außer dem Titel, siehts trübe aus. Das Buch ist bestimmt seit Jahrzehnten aus dem Handel. Und meine und Marys Kindheit sind auch, ha ha, lang her, und du kannst nur den Titel runterstammeln. Mach dir nichts vor, aber …

Herr Spira nutzte ein Atemholen da drüben in Nr. 458,

Grove End Lane, für die Lüge, er halte noch eine Geheimquelle in der Hinterhand, und wurde die freundliche Schwägerin los. Er mußte an den Film denken, in dem sich ein Sohn durch groteske Strapazen quälte, um für seine todkranke Mutter die echte Greta Garbo aufzuspüren, um sie ihr am Klinikbett abzuliefern. Nur: Zur Zeit der Filmhandlung lebte die Garbo, es gab sie. Was man vom verschollenen Kinderbuch nicht behaupten konnte.

Zum Glück hat sie die *Familie Pfäffling*, sagte Herr Spira jetzt aus dem Backensessel; gerade verschwand die gotische Mitte von Marys Domportalgesicht hinter dem Kakaobecher, während Christa ihrem Kaffeeschluck testend hinterherschmatzte: der Kaffee war Herrn Spiras Werk!

Als Kind liebte ich den verträumten Frieder, er war anders als alle andern, sagte Mary.

So so. Und jetzt? Wie liest sichs jetzt? fragte Christa. Nach all der für erwachsene Menschen geschriebenen richtigen Literatur? Sie begutachtete den Band, las vor: Eine betuliche Familiengeschichte. Betulich! Hört mal, ihr zwei ...

Betulich hat zur damaligen Zeit was anderes bedeutet. Mary klang zwar aufmüpfig, aber Herr Spira fand: auch etwas lahm.

Und warum wollte Mary nicht länger über ihren Frieder reden? Sie verschwieg, daß sie sich wie als Kind in ihn verwandeln wollte, doch das ließ sich nicht wiederholen. Seit dieser Erfahrung, enttäuscht von den Pfäfflings und noch mehr von sich selber, kündigte sie ab und zu an: Kann sein, daß ich im Herbst wieder aufstehe. Keinen ließ sie wissen, warum. Bist du Hellseherin? Stehts schon fest: Du bist dann wieder fit? So ironisch fragte nur Christa, und Herr Spira, dem es etwas weh tat, wartete gespannt auf Marys Antwort.

Die blieb aus. Mary hatte einen Entschluß gefaßt. Keiner sollte wissen, welchen.

Eines Nachmittags, einunddreißig Grad im Schatten, erschien mit Johannisbeermus und einem Sechserpack Mineralwasser Christa, Nick im Schlepptau. Ich bring dir deinen Enkel, aber schick ihn beizeiten zurück, es ist so gräßlich düster bei dir, und er ist noch mit Freunden zum Baden verabredet. Denk bitte dran, Omi-Mary.

O'Mary, nicht Omi. Tag mein Schatz. Aus dem Kirchenpfortengesicht sandte Mary ein blasses Madonnenlächeln auf Nick.

Das hier könnte interessant sein. Christa, ein Buch vom Stapel in der Hand, las vor: *Monika in Madagaskar*. Sicher wimmelts da drin von niedlichen glücklichen Sarotti-Mohrchen.

Ich hatte den zweiten Band lieber, *Monika im Strohdachhaus*. Mary bat Herrn Spira, für Nick einen Sessel in ihre Nähe zu ziehen.

In das mit Madagaskar sollte man mal reingucken, sagte Christa, wäre ganz spannend, es aus heutiger Sicht auf Rassismus zu untersuchen.

Das Strohdachhaus steht in Bornim, wo Monika zu Haus ist. Ich habs eingerichtet und umgeräumt, vertraute Mary Nick an.

Der blickte etwas stumpf, aber nicht abweisend.

Die Monika-Bände waren illustriert, auch die *Kinder am Meer* und *Dudeleins Garten*, in dem die armen Schippel-Kinder auf all das Obst an den Bäumen scharf waren, und die Bilder aus den Kindern am Meer hab ich nachgezeichnet und als meine ausgegeben, erzählte Mary, und Nick grinste verständnisvoll. Er war das zweitjüngste Enkelkind und er mochte seine Großeltern, bei denen es von A – Z anders zuging als bei ihm zu Haus. Marys Schrulligkeit interessierte ihn, seine zwei älteren Brüder interessierte sie nicht, und als einziger hatte er Lust, sie zu besuchen. Ein bißchen auch, um sich zu gruseln, seit sie kaum noch aufstand und diesen Kinderspleen pflegte. Außerdem gabs immer Zimtwaffeln oder ungewöhnliche Kuchen, heute unter einer Käsedecke mit Heidelbeeren vermanschten Teig, zuckersüß, und Nick hoffte, seine Mutter würde nicht davon kosten. Ihr Motto hieß: Bloß nicht zu süß! Es machte ihm auch nichts aus, wenn die O'Mary forschte: Warum nur liest du nicht gern?

Ich weiß auch nicht, sagte er und genierte sich nicht. Von meinen Freunden liest keiner, und wir sehen Video, und bei Marco machen wir interessante Sachen im Internet und sowieso noch Computerspiele. Ich habe keine Zeit. Vielleicht lese ich später mal.

Ich fürchte, daß du jetzt nicht liest, wird sich nicht gut auf deine Phantasie auswirken. Auf dein selbständiges Denken. Beim Lesen bist du es, der die Bilder dazu macht. Mit acht bist du schon ziemlich knapp dran, aber noch nicht zu spät.

Meine Mutter sagt, deine Kinderbücher sollte man nicht mal mit der Beißzange anfassen. Es wären nicht die richtigen.

Oh, sagt sie das! Seine O'Mary schien nicht beleidigt, sogar amüsiert, und sie verriet Nick, die Kritik verwundere sie überhaupt nicht. Unterhaltungen wie diese hatte er gern. Er könnte es nicht begründen, doch eine Ahnung gab ihm ein, daß seine Großmutter etwas Wichtiges wußte, und seine Mutter nicht, oder, wie genug Zucker beim Gebäck, streng ablehnte. Er kam auch nicht dahinter, warum ihm bei der

O'Mary ziemlich langweilige Sachen gefielen. Dachte er sich O'Mary weg, verwandelten sie sich sofort in Kinderkram. Er hörte den meisten Erwachsenen nicht besonders gern zu. Sein Vater wollte ihm immer beweisen, wie gut er dran war, verwöhnt und nicht mal dankbar, und daß zu seiner Zeit das Leben härter mit ihm umgesprungen wäre. Seine Großeltern, den etwas wabbligen schüchternen O'brecht und die verträumte O'Mary, konnte er sich nicht streng vorstellen. Die Kindheitsrückblicke seiner Mutter fand er genauso fad. Alles bloß Belehrungen. Hier, zwischen Großeltern und seiner Mutter, an richtig süßen gelben Keksen knabbernd und richtig süße Zitronenmilch süffelnd (Pepsi und Coke hatten sie nun mal nicht), fand er immer, O'Mary hatte recht, nie seine Mutter.

Alle meine nachgezeichneten Bildchen aus den Kinderbüchern habe ich als meine Originale ausgegeben, erzählte Mary wieder mal. *Wollte* sie denn geschimpft werden? Der O'brecht räusperte sich: die übliche Warnung. Aber Mary machte weiter: Sie sahen ja auch anders aus, ich konnte es ja nicht gut genug hinkriegen, also wars nicht ganz geschummelt.

Aber ziemlich geschummelt. Christas Seufzer hieß: Hoffnungsloser Fall. Und deine Schwester? Hat sies auch gemacht?

Nein, aber mich nicht verraten.

Eigentlich dumm von euch, eure Mutter muß ja Bescheid gewußt haben.

Hat sie. Und der Vater auch. Mary sagte triumphierend (und Nick freute sich für sie und für sich selbst): Stell dir vor, sie haben mich dafür gelobt! Die Mutter sagte: Oh, wie wunderschön! Und zum Vater: Schau nur, wie hübsch sie zeichnet. Sie hat Ideen, sie hat wirklich Talent, sagte mein Vater und erzählte rum, wie begabt ich war.

Deine Eltern haben einen schweren Fehler gemacht, resümierte Christa. Es ist schlecht für Kinder, wenn sie sich überschätzen. Lügen sowieso. Ehrlichkeit heißt das erste Gebot.

Mary lachte, und Herr Spira gab das Räuspern auf, weil ihr Gesicht fröhlich leuchtete.

Christa, Kinder brauchen Ermutigung! Lob, egal ob gemogelt wird. Das ist Liebe.

So bereitest du ein Kind nie und nimmer aufs Leben vor, Omi!

Nick hörte, das Leben käme von selbst und daß Mary bis zum heutigen Tag von der Schönheit ihrer Kinderjahre zehre, und er hätte schwören können, daß sie sich nicht irrte. Mary klang überheblich: Keinen einzigen Fehler haben unsere Eltern gemacht, frag Elsie, sie hats studiert.

Herr Spira war sich nicht ganz so sicher, aber weils um Mary ging, hielt er sich auf ihrer Seite, und die Zertrümmerungsversuche, mit denen seine Schwiegertochter auf gute Erinnerungen eindrosch, konnte er sowieso nicht ausstehen. Trotzdem hoffte er, Mary würde nicht auch noch beichten, daß sie auch Geschichten aus ihren Büchern geklaut hatte.

Was Nick ein bißchen Sorge machte, waren die Nacherzählungen der immer gleichen Bruchstücke, die seine O'Mary von der Lektüre ihrer Lieblingsbücher behalten hatte. Bei den *Simpsons* nämlich verblödete so etwa ab der siebenundachtzigsten Folge der liebe Onkel Max langsam und hielt nach zehn Minuten schon wieder den Witz für neu, den er vor zehn Minuten erzählt hatte, und niemand lachte. Er unterbrach sie nicht gern, doch hielt er es für seine Pflicht:

Das mit den Gewächshäusern und den Tomaten kenn ich schon, O'Mary.

O ja, entschuldige. Es spielte in Estland, Reval kam vor, wie heißt das heute, Lebrecht?

Herrn Spira gelang es, von woher auch immer, doch geisterhaft teilzunehmen, sofort zur Stelle zu sein. Tallin, Schatz. Er zwinkerte Nick zu, er wollte lustig aussehen, aber das funktionierte nicht. Er sah besorgt aus. Nick verkniff sich *Kenn ich auch schon*, als Mary fortfuhr: Ich weiß nicht mal mehr, wieviel Geschwister es waren und wie viele davon Buben oder Mädchen. Ihr Vater züchtete Tomaten in Gewächshäusern, es war immer heißer Sommer, ganz nah an der Küste stand ihr Holzhaus. Alles Sandboden, die Kinder liefen barfuß und kamen durch ein Kiefernwäldchen ... ich sehe es genau vor mir und ich rieche die Salzluft vom Meer und die Hitze im Nadelgehölz. Nicky, ich glaub nicht, daß irgendwas von deinen Computern und Videos dich jemals so beeindruckt, bis du so alt bist wie ich heute. Eigentlich, denk ich, hats mein ganzes Leben beeinflußt, alle Lieblingsbücher, die ich als Kind gelesen habe, da gabs noch einen Waldemar, der mit vielen Enkelkindern bei seiner Großmutter Ferien machte und wie Frieder Pfäffling anders als die andern war, und deine Tante Elsie und ich, wir liebten diese Einzelgänger, waren wohl selbst welche, und die in den Büchern haben uns bestärkt. Und die ganz andern Sachen, die bei den Büchermüttern gebrutzelt und gebacken wurden! Eine Speise namens *Satte* haben wir nachgemacht. Wir ließen Milch in Schalen sauer werden und warteten auf die Rahmschicht über der Milch, die fest und glitschig werden mußte, geklappt hats nie richtig, doch wir streuten Zucker und Zimt drauf und *waren* diese fremden Kinder, nicht mehr Elsie und Mary. So vieles haben wir nachgespielt und dazuerfunden, durchs Lesen gewinnst du ein zweites Leben zu deinem dazu ...

Etwas peinlich wars ihm gewesen, aber Herr Spira hatte sich an seinen Sohn gewandt; Gerd, als Anwalt gut im Geschäft, kannte Gott und die Welt und sicher auch einen Antiquar. Ihn störte weniger, den Vielbeschäftigten zu bemühen, als von ihm mit seinem seltsamen Problem nicht ganz ernst genommen zu werden. Doch welches Opfer wäre für Mary zu groß? Keins, und er konnte Mary überraschen: Schau her, drei Bände Else Ury und hier noch Ottilie Wildermuth. Gerd hats geschafft, er ist doch ein guter Junge. Er hat dich lieb.

Ich finds vor allem lieb von *dir*, sagte Mary. Doch ihm fiel zweierlei auf: Ihr Freudestrahlen war etwas gekünstelt, erstens. Zum zweiten: Sie zog ihr Bein nicht mehr nach, jetzt in der Küche, wo sie Nudel- und Reisreste in ein Zucchini-Haschee quetschte. Zwischen Kühlschrank, Tisch und Herd: kein Hinken. Gings ihr besser? Auch ihre Handgriffe wirkten wie von neuer Energie beschleunigt.

Die Bücher sind wundervoll, aber aus der Zeit vor meiner Kindheit, Lebrecht, die Tanten werdens genießen, ich gebs weiter.

Herr Spira staunte, aber noch viel mehr über Marys Ankündigung, sie werde ab nächster Woche ihr Dämmerungslager zusammen mit der Angewohnheit, Kinderbücher zu lesen, verlassen.

Großartig! rief er wahrheitsgemäß. Nur: Wie konnte man seine Heilung so sicher terminieren? Hellseherei? Oder doch alles simuliert, Christas Diagnose? Unser Sohn hat dir *Asterix* als Lektüre empfohlen. Ha, ha. Im Mischgericht wirkte die Fleischeinlage ziemlich verloren; egal, verglichen mit Marys Auferstehung. Ihr gotisches Domportalgesicht war schmäler, aber der Bauch dicker geworden. Das kam vom vielen Herumliegen. Alles würde gut.

Armes Kerlchen, sagte Mary. Gerd hatte als Kind schon nicht mehr den idealen Lesestoff, es gab schon nur noch diese anspruchsvolleren Sachen. Sie wirkte geistesabwesend und war es auch. Gerd interessierte sie schon lang nicht mehr so, wie es sich wahrscheinlich für eine Mutter gehörte, in nichts glich er ihr, und jetzt waren ihre Gedanken sowieso ganz woanders. Trotzdem, das mußte sie noch loswerden: Ich glaubs den Erwachsenen nicht, das mit ihrem Spaß an all den Comics. Sie tun nur so, weil sie es aufgeklärt finden oder so was. Schick, jung. Und ich träume nicht, dachte sie, als sie (Herr Spira war mit einer Einkaufskiste ins *Optima* abgetrottelt) ohne jegliche körperlichen Handicaps im Speicher die alte Olympia unter verstaubter Verhüllung hervorzerrte und dann in ihrem Schlafzimmer auf den Frisiertisch wuchtete. Zuerst mußte sie sich zur Übung einhämmern, ein paar Typentasten blieben immer wieder stecken, das Farbband war sehr bleich. Lebrecht müßte ein neues besorgen. Mary hatte vor ihrer Ehe für Kern & Partner gearbeitet, so lang her, und doch machten ihre Finger und ihr Kopf gut mit, die Tastenanordnung war dort gespeichert und bestens erhalten, als hätte sie diesen Gehirnwinkel all die Jahre hindurch nie benutzt. Schon am nächsten Vormittag wanderte das neue Farbband zügig von links nach rechts und wieder nach links, während Mary draufloshackte.

Herr Spira erlebte die Wandlung seiner Frau mit gemischten Gefühlen. Er müßte überglücklich sein, aber irgendwas stimmte nicht, und er war nicht überglücklich. Er verschluckte seine transatlantische Gebührenangst, als Mary sagte: Ich hab Lust, mit Elsie zu telefonieren.

Soll ich den Bücherstapel wegräumen? fragte er. Die Läden hatte sie selbst schon aufgeklappt. Ihm kam das Haus fremd vor.

Kannst du. Wird auch Zeit, daß die Türkin bei der Couch mal putzt, schon wegen Christa und unserem allergischen Sohn. (Mit einer ironisch-realistischen Mary wurde Herrn Spira erst recht mulmig.) Gut, sie fanden mich verrückt, weil ich auf dem Kinderbuchtrip war, sie fandens pervers, aber sie ahnen gar nicht, wie *wirklich* pervers das alles ist. Mary lachte geheimniskrämerisch im Bündnis mit ihrem Zwilling: Sie telefonierte mit Elsie in Little Twin Oaks/Vermont. Lebrecht bastelte ihr zu Geschenkanlässen Telefon-Bons, jeder reichte für acht Minuten. Elsie verdiente als Psychologin prächtige Dollars und rief öfter an. Wie wirklich pervers ists denn und was ists, Mary? Elsie hatte die Rückzugsphase in die Kindheit beruflich und daher positiv bewertet. Solche Seelenausflüge gehörten in ihr Therapieprogramm. Vielleicht nicht unbedingt über Kinderbücher.

Ich hab allmählich die alten Sachen nicht mehr richtig gelesen. Mary kicherte. Ich hab sie nicht wirklich genossen, nicht wie früher. Der Stil ist meistens grauenhaft. Hunde sind immer Vierbeiner, und wenn jemand eine Milchflasche zu den andern Milchflaschen stellt, stellt er sie zu seinen *Artgenossen*, und Monikas Vater ist ein berühmter Naturforscher, der alles weiß, überhaupt sind alle Väter Professoren oder sonstwas Bedeutendes und die Mütter lieb und einfach. Und die *Kinder am Meer* hab ich nicht ergattert und andere Sachen, unter deren Einfluß ich bis heute bin, wirklich. Meinst du, die hätten mich auch enttäuscht?

Elsie glaubte: nein. Sie schlug vor: Erhalt dir unbedingt die Heimwehsehnsucht, Phantasieren ist immer das Beste, runterziehen kann nur die Realität. Mach ich, sagte Mary, und zwar schreib ich mir meine eigenen *Kinder am Meer*, und Elsie brach darüber in einen Jubel aus, und Mary war unter acht Minuten geblieben.

Mary traf sonderbare Vorbereitungen, Herr Spira hörte, wie sie zur Türkin sagte: Bis auf weiteres hab ich keine Zeit zum Kochen, wenns nicht um meinen Mann ginge, wärs schnuppe, aber Sie kochen sowieso für die Weißen Väter, und da dachte ich, es ließe sich für meinen Mann was abzweigen, wird natürlich bezahlt. Woran sollte Herr Spira zuerst denken? An Marys mysteriöse Pläne? Oder daß er essen müßte, was diese fürs afrikanische Missionieren zu kränklich gewordenen alten Männer bekamen? Mit einem wie aus seinem ganzen Organismus zusammengerauften Mut stellte er Mary zur Rede: Was hast du vor? Mary sprach von einer Überraschung. In ihrem Gesicht glommen die Augen wie gleich zwei Ewige Lämpchen. Die Türkin kochte deutsch mit kleinem, sicher apartem türkischem Akzent.

Herr Spira gewöhnte sich rasch an die neue Lage, die Türkin kochte besser als Mary, und die tippte an ihrer Überraschung.

Als Nick nach sechs Monaten Schüleraustausch in Walthamstow, Nordost-London, seine Großeltern besuchte, traf er alles wie vorher an, bloß die Läden waren nicht geschlossen, aber es war ein trüber Tag; aufs Essen der Weißen Väter hatten sie sich abonniert, nur Frühstück und Abendimbiß richtete Mary, die das Bein wieder nachzog. O'Mary ruhte auf der Couch, O'brecht schien dauernd ins Zimmer zu spähen, es gab die idealen sehr süßen Vanille-Zipfelmützen.

Aber der Bücherstapel fehlte, und O'Mary beantwortete seine Frage, warum sie ihm nichts von der Familie mit der Tomatenzucht erzählte und von den Kiefern, krumm vom Seewind, lahm: Wovon sollte ich erzählen? Nick seinerseits fing mit dem Piccadilly Circus an, da unterbrach sie ihn: Krumm vom Seewind. Das gefällt mir. Könnte es sein, daß du mittlerweile *liest?* Dann brummelte sie so was wie *Ich könnts noch mal versuchen* und *Krumm vom Seewind.* Nicky, du liest jetzt Bücher?

Nicht sehr oft, antwortete Nick, der sich über die aus dem Nichts leibhaftig gewordene Allgegenwart von O'brecht freute. Er half Mary dabei, sich von der Couch zu hieven, und es war ihre WC-Zeit. Nick ging im Zimmer auf und ab. Aus dem Buch, das Mary zur Zeit las, kein Kinderbuch, sondern ein Wälzer: *Krieg und Frieden,* ragte ein geknifftes Blatt, und irgendwas gab ihm ein, es wäre das *Sesam öffne dich.* Das Blatt war mit altmodischen Schreibmaschinenbuchstaben beschrieben. Nick las: »Das kleine Holzhaus stand in einer Dünenmulde. Auf seiner Rückseite schützte ein Krüppelkiefernwäldchen es vor dem Seewind.« Es folgten vier durchgeixte Zeilen. Weiter hieß es: »von einem Krüppelkiefernwäldchen auf der Rückseite geschützt. Im Juni war die Bienenweide blau ... die Bienenweide, im Juni blau ... lavendelblau ... lila ... die Bienenweide war im heißen estnischen Sommer verblüht und braun verbrannt.« In Klammern: »Krautig? Gleich Braunkohl?« Nach der Klammer erneut Verworfenes bis zu: »Ein Sandpfad führte durch ein Krüppelkiefernwäldchen bis zu ????? drei? vier? Gewächshäusern. Reife Tomaten leuchteten rot im Grün der Stauden durch die Glaswände.« Oh, wie furchtbar die O'Mary (es *mußte* ihr Werk sein!) sich geschunden hatte! Nick las den

Start zum nächsten Versuch, obwohl er längst dachte, er beginge einen Frevel: »Die neue Besitzerin stapfte durch den Sand rund ums Holzhaus. Alles roch so stark in der Hitze. Sie wußte nicht ... Wiedersehensglück? Enttäuschung ... wegbleiben sollen.« Mary hatte alles unterschlängelt. »Schimm liegt in der Hängematte, und es ist sehr heiß. Motten tanzen in der Luft, der Garten ist wie ein Dschungel.« Und noch zwei neue Ansätze: »Frau Dudelein erblickte über ihrer hohen Gartenmauer wieder die Köpfe der Schippels-Kinder.« »Waldemar stahl sich von den lärmenden Mitenkeln in seinen stillen grünen Schattenplatz. Er legte sich hin und wollte nie mehr aufstehen.« Den Rest der Seite hatte die arme O'Mary mit Fragezeichen vollgetippt. Nick starrte auf das Papier, und gerade als er merkte, daß er traurig wurde, erschrak er wie ein Einbrecher: So plötzlich war O'brechts Stimme neben ihm. Der Ärmste wollte den Vergnügten spielen: Ha ha, und von all solchen Fragmenten hat sie noch einen Riesenpacken. Sie meint jetzt, wiederbeleben und so was wäre nicht nötig, sie hätte die Stimmung in sich drin. Und nach den *Kindern am Meer* und was ihr sonst noch fehlte, sollte ich nicht mehr suchen. Ist das nicht lustig? Na gut, Greta Garbo lebt auch nicht mehr. Man könnte auch sie nirgendwo mehr auftreiben. Ist doch lustig, was?

Klar, sagte Nick.

Die Spange

Peppi, Peppino, Pappa! Das Kind drückte sich an seinen Vater. Es war ein kleines Mädchen, dessen Nervosität ich im Abteil über meine Zeitung hinweg immer wieder beobachtet hatte. Es sah ein bißchen altmodisch aus, und damit meine ich sein breites und empfindsames Gesicht und die Spange im Haar, durch die seine blanke, ziemlich große und gewölbte Stirn bis auf ein paar glatte Strähnen bloßlag; aber auch sein Mantel kam mir altmodisch vor. Kinder in seinem Alter – war es zehn oder etwas darüber? – haben heute kaum je Mäntel an, schon gar nicht dunkle. Sie tragen knallfarbige Kombinationen aus Acryl oder so was, lauter kleine Golfer, Jogger, Mountainbiker, auch wenn sie nichts dergleichen tun, bestickt mit Logos, kleine Litfaßsäulen, nie in Zivil. Dieser Mantel war außerdem sehr lang, und das Blau so schwarz wie eine Nacht auf dem Land. Fast bis zu den Knöcheln reichte dem Kind der feierliche Mantel.

Das Kind und ich, wir hatten das gleiche Fahrtziel, wußte ich seit der Fahrtkartenkontrolle. Aber das Kind, glücklich und dennoch irritiert und kribblig, saß viel zu früh im Mantel da, zog dunkle Fausthandschuhe an, stand auf, verließ das Abteil, alles viel zu früh, lang bevor wir am Zielort einträfen, und stand dann zwischen den beiden Ausgangstüren des Waggons. Ich stellte mich hinter dem Kind auf, nicht nur aus Neugier. Mir gefiel das Kind, und mehr: es rührte mich. Sein Eifer hatte etwas, in dieser Mischung aus leichter Panik und vielleicht sogar Ängsten, Vorfreude, Sehnsucht, das mich ergriff, weil es mich an meine eigenen gemischten Gefühle bei der Ankunft zu Haus erinnerte. Für mich stand fest: Das Kind käme nach Haus. Ich war gespannt drauf, wer es am Bahnsteig in Empfang nähme.

Wir hatten noch so viel Zeit bis zu unserer Station, daß ich Mut faßte und fragte: Du warst sicher lang verreist. Oder ist das die Hinfahrt?

Ich war bei meiner Mutter, antwortete das Kind.

Daß es reden konnte, schien seine Nervosität zu lindern.

Also fährst du nicht nach Haus? Aber jetzt sind doch keine Ferien.

Doch, ich fahre nach Haus. Ich fahre zu meinem Vater.

Vater und Mutter, das klang ernsthaft und wieder altmodisch. Das Mädchen lächelte, sah aber dabei nicht lustig aus. Es muß zwischen seinen geschiedenen oder getrennt lebenden Eltern hin und her pendeln, dachte ich, aber zu Haus ist es beim Vater. Ich war plötzlich wirklich an dem Kind interessiert, verbot mir aber die Frage: Wo bist du denn lieber, bei wem, oder etwas in der Art. Da sagte das Kind von sich aus: Meine Mutter hat aber einen Freund.

Aha, so ist das, sagte ich und hoffte, mehr zu erfahren. Und das Kind kam mir so vor, als hoffe es, auf ein Zeichen von mir hin mehr erzählen zu können. Ich fragte also weiter: Ist das nicht nett? Mit der Mutter und dem Freund?

So herzlich vertraulich wie vom kleinen Mädchen bin ich vermutlich noch nie in meinem Leben angelächelt worden.

Ich hab den Freund nicht so sehr gern, sagte es, höfliches, diskretes Kind, das es war. Altmodisch, ich hatte mich nicht getäuscht. Das Kind konnte diesen Freund der Mutter nicht ausstehen.

Ich stellte mir vor, wie unsystematisch im Tagesablauf es bei der abtrünnigen Mutter zuginge, das Geturtel und Geschmuse zwischen ihr und diesem Freund bekäme das Kind mit, bliebe selber meistens unbeachtet, dann wieder, wenn die Erwachsenen sich seiner erinnerten, würde es übertrieben hochgejubelt, abgeküßt, in einem für das Kind langweiligen schicken Restaurant traktiert, daraufhin erneut vergessen.

Auf dem Bahnsteig blieb ich dicht hinter dem Vater, einem Mann von ungefähr vierzig Jahren mit feinem Gesicht und randloser Brille, der mitgenommen von seinen Schwierigkeiten aussah, blond und sommersprossig seiner schwarzhaarigen Tochter nicht ähnlich, ich blieb hinter ihm und dem Kind und bald auch an ihrer Seite, was ihnen im Menschengedränge nicht auffiel.

Peppi! Peppino! Pappa! hatte das Kind vorhin gerufen, und mich erstaunte es gar nicht, daß der Gefeierte *Pssst* machte. Es paßte zur Aufgeregtheit des Mädchens im Abteil, und es paßte zu diesem Vater. Ich hielt ihn für einen vorsichtigen schuldlosen Mann, beladen mit schlechten Erfahrungen. Die Rückkehr seiner Tochter bedeutete für ihn eine zusätzliche Last. Er ließ es zu, daß das Mädchen die beiden leichten Gepäckstücke auf einen Kofferkuli setzte und dann stolz den Wagen schob.

Ich bin zurück!

Ja, du bist zurück.

Freust du dich?

Mach ich.

Vor der Treppe zum Aufgang parkierten sie den Kofferkuli, der Vater übernahm das Gepäck, das Kind quetschte sich an ihn.

Nicht, sagte der Vater. Nicht so dicht, nicht hier. Die andern Leute müssen ja auch Platz haben.

Ich hätte ihm gern *das ist unlogisch* zugerufen. Je dichter das Kind sich an ihn drückte, desto mehr Platz hatten die anderen Leute.

Das Kind lief jetzt einen halben Schritt hinter dem Vater her. Ich habe dir jeden Tag geschrieben! rief es. Es rief nicht sehr laut, es kannte wohl seinen Vater allmählich wieder und erinnerte sich an seinen Abscheu aufzufallen.

Das hast du, jeden Tag.

Was hat er? Warum klingt er nicht vergnügt? Nicht einmal lobend? Ich betrat hinter den beiden die Bahnhofsbuchhandlung, bereit, auch mir noch einmal eine Tageszeitung zu kaufen.

Hast du dich über meine Karten gefreut? fragte das Mädchen. Sie standen in der Schlange vor der Ladenkasse, und mich rührte der schiefe Scheitel auf dem Hinterkopf des Mädchens, der Blick auf die helle Kopfhaut da unter mir. Hast du dich gefreut?

Der Kauf war getätigt, ich legte meine Zeitung wieder weg, wir verließen die Buchhandlung, strebten dem Ausgang zu.

Das ist so ein Punkt, sagte der Vater. Über den müssen wir noch reden.

Was denn? Das Kind hörte sich nicht mehr unbefangen an, aber dann rief es so laut, daß der Vater wieder *pssst* machte, seine Rechtfertigung heraus: Die Mami hat sich, glaub ich, richtig geärgert. Und *er* erst! Was, schon wieder eine Karte, irgendsowas haben sie immer zu meckern gehabt. Das

Kind sah zu seinem Vater auf, der blickte nicht zu ihm hinunter. Peppino, sie waren neidisch auf dich!

Langsam sagte der Vater: Jeden Tag eine Karte, das ist übertrieben. Und dann – deine Schrift! Ich habe mich wirklich vor der guten Frau Müller für dich geschämt, wenn sie deine Karten abgeliefert hat, hoch obendrauf auf der übrigen Post.

Der Vater hat weitergeredet, ich konnte es nicht mehr verstehen, und das Kind ist dann in einem immer größeren Abstand neben ihm und manchmal ein bißchen hinter ihm hergegangen. Hüpfschritte, wie vorher noch in der Bahnhofshalle, hat es nicht mehr eingelegt.

Lobi, Lobi? Bei mir in der Wohnung fragte ich Jules, der abends gekommen war, um mich zu begrüßen. Aus jeder Stadt, aus allen fünf Hotels habe ich dir geschrieben.

Während ich zu Jules blickte, dachte ich, ich sehe jetzt genauso aus wie das Kind mit dem altmodischen gefühlvollen Gesicht, so blank und noch nicht vorbestraft, und es ist ebenso leicht, mich zu begeistern wie mich zu kränken. Ich bin genauso schnell überglücklich wie todunglücklich, ich bin jetzt dieses Kind.

Hast du dich gefreut? Na?

Gefreut … hm. Jules überlegte und schluckte Whisky in kleinen Portionen. Zeichen von schlechtem Gewissen, Übertriebenheiten sowieso, solls geben, bei schlechtem Gewissen, alle diese Karten sprechen dafür, sagte er, der es als Psychologe wissen muß.

Ich sah immer noch ganz so wie das Kind aus, plötzlich konnte ich sogar die Spange oben über der Stirn spüren.

Es ist nicht gut genug

Sie weiß nicht, wie sie es ihm sagen soll. Sie ist immer noch nicht aus dem Auto ausgestiegen, und er hat *Was ist los* gefragt, schon argwöhnisch ausgesehen und sich jetzt wieder neben sie hinters Steuer gesetzt. Sie will ihn nicht kränken, aber sagen muß sie es ihm. Sie denkt, wenn sie es leichthin sagt und vielleicht ein bißchen lacht, klingt es nicht so radikal, und das Lachen schwächt die verletzende Wirkung ab. Aber sie braucht die Wirkung ganz und auch radikal. Und sich zu verstellen, in diesem Zustand (sie fühlt sich bedroht und betäubt wie unter Schockeinfluß), das wird ihr nicht gelingen.

Was ist los? sagt er wieder und haut seine Hände aufs Lenkrad.

Sie hat den Fluß fixiert, um auszuprobieren, ob der sie doch noch für alles andere entschädigen kann, sie mag Flüsse, hat sich immer gewünscht, an einem Fluß zu leben. Oder an einem Bahndamm mit Fernverkehr auf den Schienen. Doch dieser Fluß, so wie er hier aussieht, er strömt nicht von Ferne zu Ferne, als halte die finstere Szenerie ihn gefangen und infiziere ihn mit etwas Paralysierendem, deshalb kann er nicht eilig flüstern *Das Meer das Meer, nichts wie weiter und dorthin.*

Nichts ist los, außer: Hier kann ich nicht bleiben. (Es hat sich nicht harmlos angehört.)

Natürlich kannst du das, sagt er.

Es ist klaustrophobisch.

Du hast das Foto gesehen, und es war dir recht, basta. Steig jetzt endlich aus, im Ort ist es eng, erst mal sehen, wo ich parken kann. Du hast das Foto gesehen, mach jetzt keine Zicken. Es war dir recht.

Ja, aber bloß wegen der Helligkeit im Westen. Sie deutet. Da geradeaus, das ist doch Westen.

Südwesten.

Nicht Nordwesten?

Was ist daran wichtig?

Ich hab Nordwesten lieber. Richtung Küste, Meer.

Ha ha ha. Machst du Witze? Was hat das zu sagen, Richtung Meer, wenns sechshundert Kilometer weit bis dahin ist?

Mir sagts viel. Und auf dem Foto war im Westen ... Südwesten ... es war alles in ein weißes Licht getaucht. Jetzt sinds Berge.

Er muß wieder lachen und erklärt ihr, daß Blitzlicht aufs Foto gekommen ist. Und man die Berge trotzdem gut erkennen könne.

Aber es sah nicht aus wie normale Berge.

Normale Berge! Er hat sie nachgeäfft.

Auf dem Foto war dieser eigenartige leere weiße Lichtschimmer, es hat über die Enge hier doch irgendwie hinaushoffen lassen. Ich habs für den endlich offenen Himmel gehalten.

Werd nicht kitschig. Nicht mal Blitzlicht erkennst du.

Es ist eine Selbstmordgegend. Den Versuch, einen nachlässigen sorglosen Ton zu finden, hat sie längst aufgegeben.

Ganz recht, seh ich auch so, spottet er.

Na also. (Ihr Ton war nicht triumphal, er war gereizt.)

Selbstmordgegend! Er läßt sich wie aus tiefer Erschöpfung, überanstrengt durch sie (daß er *Nichts als Unsinn, total übergeschnappt* denkt und alles Mitleid der Welt für sich reklamiert, weiß sie) mit voller Wucht gegen seine Polsterlehne fallen, streckt die Beine von sich, stöhnt. Seit wann gibts überhaupt Selbstmordgegenden? Und was soll sie *noch* sein, diese (bitter-ironische Betonung) Selbstmordkulisse? Was ganz Übles, bloß – das kann ja stimmen, wenn auch nur für Kranke. Er tippt sich gegen die Stirn. Im Oberstübchen, okay?

Klaustrophobisch, antwortet sie ganz ruhig. Es ist im Flußtal zwischen den Bergen sowieso klaustrophobisch, aber wenn es nun nicht mal mehr wie auf dem Foto einen Horizont gibt, nur wieder andere Berge ... Ich brauche immer einen Horizont, und hier wäre er absolut unentbehrlich. Ich könnte drauf zulaufen, jeden Tag ...

Wenn es irgendwas hier nicht gibt, dann ists nicht der Horizont, es gibt keinen Platz auf diesem Globus *ohne* Horizont. Und du wirst nirgendwo jeden Tag hinlaufen, nichts und keinem entgegen, du bist nicht auf der Flucht und wirst hierhergehören. Er spricht die ganze Zeit schon wie ein von der Sturheit seiner Klasse ermüdeter Lehrer, runterleiernd, geduldig. Denn es wird jeden Tag zu tun geben, und am Wochenende werd ich mir die Freiheit nehmen, dich auf deinen Spaziergängen zu begleiten.

Sie lehnt sich auch zurück, streckt die Beine aus, fühlt sich trotzdem nicht entspannt, sie fühlt sich verachtet (wahrscheinlich hat sie ihn doch gekränkt), furchtbar enttäuscht. Ist sie nicht ziemlich gemein zu ihm, der die umständliche Haussuche im passenden Ort, nicht zu weit weg vom Job, ganz allein erledigt hat, und nun serviert sie ihm eine über die Maßen unerfreuliche Reaktion bei der ersten Schauplatzbesichtigung. Schon das Foto hätte sie ehrlich beurteilen sollen. Aber damals schien alles noch so weit weg. Dennoch: Sie hätte sagen sollen: Ich weiß nicht, aber das sieht alles so zusammengestaut und eng aus, und ist das nicht ein winziges Kaff? Ich glaub, es hat nur eine Straße. Und was sie nicht alles sonst noch, die Hürde ihrer Vorsicht und Höflichkeit (die Summe davon war wohl Feigheit) überspringend, hätte vorbringen sollen: Hier eingesperrt zu sein macht mir ein Grauen, einen Ekel, Angst.

So gings mir mal im düsteren Porto, erinnerst du dich?

Allzu gut. Wir hatten eine Woche gebucht, aber nach zwei Tagen Gejammer bin sogar ich gern abgereist.

Es gibt eben nun mal solche Städte oder Nester wie das da, alles steil, nur braundunkle Häuser ... die machen mich krank.

In Porto hattest du wenigstens eine Mini-Angina. Seine Stimme wird lauter, er artikuliert deutlich, als unterrichte er eine Fremdsprache: Hör zu: Für andere ist das hier ihr Zentrum, Heimat oder wie du es nennen willst, es ist ihr Zuhause, und sie lieben die Berge, den Fluß. (Er hatte sich mitgemeint, weiß sie, zuletzt mit einem beleidigten Unterton, er stammt von hier.)

Der Fluß ist in Ordnung. Beinah.

Beinah! Na immerhin. Welche Ehre! Willst du eine? Er hält ihr die *Lucky-Strike*-Packung mit rausgeschnippter Zigarette hin. Und was fehlt, wodurch wäre der Fluß ganz in Ordnung?

Danke. Sie nimmt die Zigarette, läßt sich Feuer geben.

Sie rauchen, beruhigen sich. Dann sagt sie: Der Fluß ist eingeklemmt, er ist wie gestockt. Und düster, düster wie alles.

Und demnach wie für dich persönlich geschaffen. Wer beschimpft denn jeden einzelnen Sonnenstrahl und läßt sofort die Rolläden runter? Deine Zirbeldrüse wird doch nicht plötzlich so primitiv wie die von jedermann und den Vögeln positiv auf Sonne reagieren?

Sonne meine ich ja nicht.

Ein Maler fuhr von werweißwoher eigens hierher zu diesem Motiv, muß in den fünfziger Jahren gewesen sein, und an der Landschaft muß was dran sein.

Vielleicht war er depressiv. Dem Traurigen tut das Traurige gut.

Verwechsle ihn nicht mit dir.

Ich bin nicht depressiv.

Aber so was Ähnliches.

Von dem Maler hatte er ihr schon erzählt, er hatte mit ihm gesprochen, wenn er seine Familie besuchte. Der Maler besaß einen Schuhladen, er liebte aber nur das Malen, er haßte es, Schuhe zu verkaufen, und in beidem fand er sich nicht gut genug. Sie malte nicht, sie besaß kein Schuhgeschäft, aber zwischen ihr und dem Maler gab es eine kleine wichtige innere Verbindung. Etwas in ihrem und seinem Leben war einander ähnlich. Dieses Es-ist-nicht-gut-genug.

Eigentlich gehöre ich ins Flachland, sagt sie.

Wenn das so ist, ich werds in der Chefetage anregen, und du sollst mal sehen, wie schnell Niemeyer und Bechert eine Niederlassung in deinem Flachland gründet. Er lacht, nicht gutmütig.

Vielleicht wirds flach hinter den Bergen. Da wo das Blitzlicht aufs Foto kam.

Pech. Es geht bergig weiter. Er wird energisch: Ist ja auch vollkommen egal. Du gehörst weder ins Flachland noch sonstwohin außer dahin, wo ich bin. Du gehörst zu mir. Du siehst komisch aus. Woran denkst du?

An nichts Besonderes. Sie hat an den Maler und an Es-ist-nicht-gut-genug gedacht.

Er versucht, sanft zu sprechen, doch ist es bloß ein Versuch: Komm schon, Schatz, beruhige dich. Es kommt schließlich nur auf uns zwei an, oder? Stimmts etwa nicht? Sag was.

Ach, sagt sie, als falle es ihr jetzt erst wieder ein. Du wolltest doch schon lang, daß wir aussteigen.

Es ist nicht der Moment, der ihm paßt, er hat seine Antwort noch nicht bekommen, aber genau jetzt steigt sie aus. Er wird sich eilen müssen, mit Autozuschließen und um sie bald einzuholen.

Es nützt ja doch nichts

Hier stimmt heute wieder mal gar nichts, sagte ich zu dem alten Mann, der wie ich ratlos am Gleis sieben stand. Es war schwülwarm und außer uns keiner zu sehen. Beim Hin und Her zwischen dem Plan der Abfahrtszeiten und der Ankunftstafel, mit Zwischenstops zur Überprüfung des Wagenstandsanzeigers und beim Automaten, an dem ich zum vierten oder fünften Mal die Angebote an Süßigkeiten, Sandwiches, Nüssen, Getränken betrachtete, hatte ich neben dem alten Mann haltgemacht. Ich brauchte Gesellschaft zum Schimpfen. Der Mann sah gutbürgerlich und fügsam aus. Es wäre nicht leicht, ihn mit meiner Empörung anzustecken. Beunruhigt war er, aber kein Krakeeler, kein Leserbriefschreiber. Die Leute in Bahnhöfen sind passiv, alle Schikanen und ihre eigene Ohnmacht nehmen sie hin, Hauptsache: reisen. Ich reise viel, immer nervös. Um etwas besser zur Menschheit zu passen, sage ich mir, auch ich würde alle im Bahnverkehr lauernden Tücken stumpf erdulden, wenn ich, frei von Terminen, durch undefinierbare Betriebsstörungen, unberechenbaren Stillstand der Züge auf freier Strecke und vor großen Bahnhöfen, einfach irgendwo, privat, einen Anschluß verpassen, verspätet ankommen könnte. Wahrscheinlich wäre ich aber auch dann aufsässig und jemand, der die Ränke im Zugverkehr als gegen ihn gerichtet empfindet. Für alles zwischen mir und der Realität gilt: Ich beziehe es auf mich.

Jetzt hielt ich mich an diesen alten Mann, im Verlangen nach dem oberflächlichen, für kurze Zeit zusammenschmiedenden und daher ruhestiftenden Kontakt mit anderen Reisenden. Auch der alte Mann hatte kein Wort von dem verstanden, worüber eine weibliche Lautsprecherstimme an Gleis sieben informierte, weil gleichzeitig die vielen schweren Waggons eines Güterzugs entlang Gleis acht rollten. Wieder empörte mich die sture brutale Gleichgültigkeit von Bahnhofswelten, und ich sagte das, und der Mann nickte bloß und lächelte erschrocken. Sonst keiner da, den ich infizieren könnte. Meistens ist niemand da, niemand, der sich eignet. Manchmal finde ich doch Genossen, einzelne ältere Frauen, ältere Paare, die reiseunkundig aussehen und sich gern beschweren, es kommt zu einer Entlastung bei Komplizenschaft: gegen die Bahn, gegen Tarife, Verspätungen, die Verlassenheit auf Bahnsteigen durch Personalabbau. *Man lockt uns an, dann läßt man uns im Stich. Vom Nahverkehr gar nicht zu reden, in der Provinz darf man nicht leben.* Aber ich muß aufpassen, sie erschrecken schnell, wenn ich übertreibe. Das macht mich verdächtig, und sie sehnen sich in den Trott der Herde zurück, sie müssen sich von mir erholen.

Bei so viel Geduldslahmheit wird sich die Welt nicht ändern, mit schlachtvieh-fatalistischen Passagieren, habe ich einmal zu einem Pärchen gesagt. Das war, bevor ich wußte: Ineinander Verliebte eignen sich nicht. Diese zwei sahen durch mich hindurch. Trotzdem sagte ich: Zwanzig Minuten später, das bedeutet zweiunddreißig oder mehr! Und dann dieses verdammte *Verständnis*, um das sie bitten! Ich habe keins, nicht das mindeste. Die zwei hatten angefangen, sich zu küssen. Sie suchten ihre Gesichter ab und machten weiter, und es sah aus wie Eislecken. Wo stecken denn auf diesem Bahnsteig all diese Demo-Typen und Mahnwachen-Engel? fragte ich und bin dann weitergegangen. Was ich für mich behalte, ist meine Verwunderung darüber, daß etwas derart Kompliziertes wie Zugverkehr überhaupt funktioniert. Daß Züge überhaupt pünktlich ankommen, von fern her kommende Züge, auf die Minute pünktlich! Bei einer meiner Runden im weiten Umkreis des Pärchens haben die zwei aneinander herumgestreichelt, und seitdem versuche ich es nur noch dann mit jungen Leuten, wenn sie allein sind. Junge Mütter, für die ich das Schimpfen unterbreche, um ihre Babys zu bewundern, muß ich meiden. Sie fürchten um ihre Nachkommen. Ich könnte ihnen angst machen.

Keiner mehr da, auf Bahnsteigen, den man um Rat fragen kann, sagte ich zum alten Man. Er wagte sich nicht von seinem Gepäck weg, einem Koffer, auf der Bank neben sich eine Aktenmappe. Er lächelte und nickte wieder.

Wir leben in einer Automatenwelt, sagte ich.

Menschen sind nicht zu ersetzen, sagte er.

Sie bringen keinen ordentlichen Zugverkehr zustande, klar, es kann immer was passieren, aber dann lassen sie einen allein. Und wenn schon Durchsage, dann ausgerechnet, wenn gleichzeitig ein Güterzug durchdonnert.

Das ist die Rationalisierung. Der Mann blieb distanziert. Sein Koffer sah neu und wie jeder aus, die Aktentasche stammte aus früheren Zeiten. Sie war prall gefüllt, vielleicht hatte man ihm viel Proviant mitgegeben, Geschenke. Bestimmt fand auch er unsere Ohnmacht bedrohlich, aber warum wirkte er trotzdem nicht nervös?

Wir beide müßten dringend wissen, was mit unserem Zug los ist, sagte ich, aber Sie kommen mir nicht aufgeregt vor, wütend erst recht nicht. Wie machen Sie das?

Es nützt ja doch nichts. Er lächelte wie im Besitz eines geheimen, den Zumutungen des Lebens übergeordneten Codes, den nur er entschlüsseln konnte. Vielleicht war aber sein Geheimnis gar keins und auch nur wieder der gewöhnliche Gleichmut angesichts der gewöhnlichen Schrecken? Fand sich ab, ordnete sich unter, schickte sich ins Unvermeidliche, wie die Mehrheit? Und vielleicht war das kein Stumpfsinn, vielleicht war es Klugheit? Und ich mit meinem Barrikadensturm infantil?

Wenn es nicht auf die Minute ankommt, wegen Anschlüssen, Terminen, ist das alles nur halb so schlimm, sagte ich. Ich muß leider immer pünktlich sein. Sie reisen privat, oder?

Ja, sagte der Mann. Aber meine Frau ist krank, ich wäre auch gern pünktlich zu Haus, um die Caritas-Schwester abzulösen. Das Lächeln verschwand nicht aus seinem Gesicht. Er sah rosig und rund und nach Kaffee und Kuchen aus, als komme er von einem Verwandtenbesuch und fahre zum sorgfältig für ihn vorbereiteten Rückkehr-Ritual, häuslich bei seiner Frau. Einer gesunden Frau, die seine alte Strickjacke schon für ihn bereitgelegt hätte, schon wüßte, was es zum Abendessen gibt, und ihm aus den Straßenschuhen in die Hauspantinen helfen würde.

Ich hatte schimpfen wollen: Und ausgerechnet an Gleis sieben sind auch noch die Anzeiger defekt, *außer Betrieb* in der Bahnhofssprache! Statt dessen sagte ich: Wie schrecklich! Das tut mir schrecklich leid!

Heute war er es, doch es hätte auch sonst jemand auf einem Bahnsteig gewesen sein können, auf den ich neugierig war. Nur bis mein Zug einläuft, will ich möglichst viel über einen fremden Alltag wissen. Danach ist es damit aus und vorbei, ich muß dann allein sein.

Ich sagte: Hoffentlich hat Ihre Reise Ihnen ein bißchen gutgetan, ich meine, als Ablenkung. Zum Speichern neuer Energie.

So war das nicht gerade. Der Mann lächelte höflich. Ich war im Krankenhaus, bei meiner Schwester. Ich bin nicht ganz sicher, aber der Pfleger meinte, plötzlich hätte sie mich doch erkannt. Das wäre schön. Ich hoffe es.

Der Pfleger hat sicher recht. Diese Leute kennen sich aus. Ich bekundete mein Mitgefühl und wollte dann erfahren: Krankheit der Schwester, Schauplatz, andere Verwandte, bei denen er gewohnt hat, wie lang? Zwischendurch bewunderte ich seine Gefaßtheit, seine Geduld.

Und auch ich habe schlimmere Sorgen als die hier am Gleis sieben, sagte ich, und bei mir ist es der Bruder, der sich gesund fühlte, als er zum Check-up ging, und, laut Diagnose, todkrank war. Und trotzdem fluche und schimpfe ich hier herum! Wie schaffen Sie Ihre Sanftmut?

Es nützt ja doch nichts. Alles andere nützt ja doch nichts.

Es tut aber gut. Mich entlastet es. Mir tut es gut. »Der Lachende hat nur die schlechte Nachricht noch nicht erhalten«, kennen Sie das?

Nein. Der Mann schüttelte den Kopf. Er war nicht interessiert, zu meinem kranken Bruder äußerte er sich auch nicht. Ich sagte mir: Das ist sein Naturell, seltsam, daß sein Es-nützt-ja-doch-nichts-Fatalismus mich fast besänftigt, er hätte mich bei jedem andern doch wie immer abgestoßen.

Mittlerweile hatte sich die Absurdität an Gleis sieben dahin gesteigert, daß ein Regionalzug mit Ziel Marktredwitz auf ihm eingefahren war und auf mich den Eindruck machte, als wolle er für immer auch hier stehenbleiben.

Er blockiert die Strecke. Auf Gleis sieben geht es doch

auch nur immer nordwärts, Marktredwitz aber, das wäre die Gegenrichtung. Das ist jetzt völlig verrückt, sagte ich, als für Gleis acht ein Zug angekündigt wurde, wohin, war wieder wegen einer Durchfahrt nicht zu verstehen, und der alte Mann sagte: Vielleicht ist das unserer, vielleicht wurde das vorhin durchgesagt. Er griff nach seiner Tasche auf der Bank, und ich hätte es gemacht wie er, doch diesmal hatte ich ja ihn als Reisefieber-Stellvertreter, und ich ließ mein Gepäck auf dem Bahnsteig stehen.

Bis zur nächsten Durchsage, die bis auf den Zielort gut genug zu hören war. Ausnahmsweise auf Gleis sechs führe ein IC in Kürze ein, der IC-Wie-bitte? sagte ich, und wohin?, aber vorsichtshalber brachen wir auf zur Unterführung. Und als der Zug endlich einfuhr, wir beide am Standort erste Klasse Raucher standen (der Mann war hinter mir hergelaufen), sagte ich: Immerhin, er fährt nach Norden, aber auf sämtlichen Schildern steht Emden. Es müßte Norddeich-Mole draufstehen. Meiner ist das nicht. Und Ihrer? Ihrer vielleicht?

Der alte Mann wirkte unsicher. Plötzlich schien ich diejenige zu sein, die Ruhe verströmte, ein Halt war. Ich steige lieber auch nicht ein, sagte er.

Wohin wollen Sie? Ich wollte ihm zwar helfen, seine Reise von einer Kranken zur andern fortzusetzen, doch vor allem fragte ich aus dieser den Hypochondrien auf Bahnhöfen geschuldeten Neugier. Sie will aufsammeln, was herauszuholen ist: Beruf (in seinem Fall der ehemalige), Familienstand (Kinder? Enkel?), Wohnort, Wohnlage und -art (Mieter? Besitzer? Ist Wald in der Nähe?). Falls der Mann den Zug nach Emden nähme, erführe ich nicht mehr viel, denn er würde einsteigen wollen, trotz der fünfzehn Minuten Aufenthalt an Gleis acht, er würde sich einen angenehmen Platz sichern wollen, oder nein: Einer wie er hat seinen Platz reservieren lassen. Mir würde der Mann im schwülen Bahnhof fehlen.

Wo ich wohne? Am Ende der Welt, sagte der Mann. In Meppen. Je davon gehört? Von Meppen?

Aber ja, ich war sogar mal da, lang her, der schöne holländische rote Backstein, mir gefällt es da oben bei Ihnen.

Ich möchte lieber nicht aufs Geratewohl einsteigen. Meppen steht nicht auf dem Schild am Wagen.

Vielleicht, weil es zu klein ist. Es ist nicht genug Platz für alle Stationen. Alles war besser, als es noch die IR-Züge gab. Sie müssen sicher sowieso noch umsteigen. Vielleicht geht das auch mit diesem Zug.

Das könnte sein, aber es ist mir zu unsicher.

Jetzt kann man nur noch zusammengestückelt und mit vielen Wartepausen und Raus und Rein aus Regionalbahnen kleinere Bahnhöfe erreichen. Die Bahn ist menschenfeindlich, ich finde, das müßte sogar Sie ärgern. Ich lächelte, als Ausgleich. Bis mein Zug kam, wollte ich ihn nicht abschrecken. Sie ärgern sich nie, oder?

Sie haben recht mit der Bahn, aber was würde besser, wenn ich mich ärgere? Es nützt ja doch nichts.

Wenn das alle sagen, nützt es wirklich nichts. Es müßte einen Streik der Fahrgäste geben ... Ich lachte, um ihn mir zu erhalten. Den wird es aber nicht geben. Die Leute reisen zu gern. Sie können nicht zu Haus in ihren Zimmern bleiben.

Der Zug nach Emden setzte sich in Bewegung, ohne jede Ankündigung, und ich sagte: Anscheinend sind jetzt auch die Lautsprecheranlagen defekt.

Am Gleis sieben hatte sich eine weitere Wartende eingefunden. Sie war eine von diesen tapferen, emsigen, nicht mehr wirklich jungen Bubikopf-Frauen, die man in den Großraumwagen der Fernzüge trifft, brav beschränkt auf die Enge eines Einzelsitzes, den Laptop vor sich, introvertiert, Hosenanzug, konservative Eleganz. Sie war klein, das Aktenköfferchen neben sich auf der Bank, ihre mappenartige Tasche ließ sie nicht aus der Hand. Ihre Brille war rund und saß in den Augenhöhlen. Sie wäre nur für kurzen Austausch zu gebrauchen, aber daß sie überhaupt hier wartete, wirkte vertrauenerweckend.

Wissen Sie, was an Gleis sieben los ist? fragte ich sie.

Es gab zwischen Koblenz und Bingen eine Betriebsstörung, sagte sie, danach sah sie wie abgeriegelt aus; doch wollte ich mehr von ihr und erzählte mitten hinein in ihr Desinteresse: Sonst immer, wenn ich von Zürich komme, brauchte ich nur in den IR, jetzt IC, nach Norddeich-Mole einzusteigen, fahrplanmäßig steht der nämlich bereit.

Ich sags doch, das ist diese Betriebsstörung. Dieser Zug pendelt zwischen Norddeich-Mole und hier, und alle Züge aus Richtung Köln sind heute verspätet, berichtete die Frau, und eigentlich konnte ich ihr nichts vorwerfen, sie redete eifrig, aber mir war sie zu angepaßt. Nur, genaugenommen war sie vernünftig. Nach der Auskunft, in Kürze treffe der IC ein, schloß sie sich wieder ab. Obwohl ich wußte, wie wenig ihr das zusagte, schimpfte ich: Die Bahn ist absolut unflexibel. Bis da endlich mal von irgendwoher eine Ersatz-Lok angezockelt kommt, du liebe Zeit, das dauert, verpaßte Anschlüsse sind denen egal. Dieser Herr muß nach Meppen.

Ans Ende der Welt, sagte der alte Mann, lächelte geduldig, beschämt.

Wider Erwarten sprach die Frau doch noch: Es gab aber Durchsagen. In der Halle gibts ja außerdem den Info-Stand. Sie war auf der Seite der Bahn. Oder nicht? War sie ganz einfach ein Profi?

Durchsagen versteht man nicht, und von Bahnsteigen wagt man sich nicht weg, sagte ich.

Die Frau, die sofort nach Fahrtbeginn mit dem Laptop arbeiten würde, wandte sich an den alten Mann, aber mich wies sie zurecht: Es soll einen Personenschaden gegeben haben. Das ist schlimmer als Warten.

Personenschaden? Der alte Mann verstand nicht.

Ich übersetzte ihm aus der Sprache der DB den Personenschaden. Dann sagte ich: Sie hat uns auf das größere Elend als unseres verwiesen.

Ein Selbstmörder, ein Lokführer unter Schock.

Das ist schrecklich, sagte der alte Mann.

Es hätte mich nicht gewundert, wenn die Frau zu einem anderen Standort abgewandert wäre, aber sie blieb stehen, bereit fürs Einsteigen in erste Klasse Raucher, obwohl sie, darin war ich sicher, Nichtraucherin war, doch drehte sie den Kopf in die Gegenrichtung. Sie würde trotzdem jedes Wort verstehen, das ich zum alten Mann sagte: Schließlich sind wir beide nicht auf Vergnügungsreisen. Ich habe Termine, Sie haben Ihre beiden Kranken, den Kummer. Nur gut, daß Ihre Schwester Sie wahrscheinlich doch noch erkannt hat. Gutes Gefühl für Sie. Und Ihre Schwester hat sich gefreut.

Vielleicht, sagte der alte Mann. Der Pfleger meinte: ja.

Man weiß nicht, was sie mitkriegen. Es ist traurig.

Hirnblutungen, sagte der alte Mann.

Der Tod ist nicht übel, aber Krankheiten sind es, ich hasse sie, das Vorspiel Sterben, sagte ich.

Es geht wohl nicht anders, da nützt alles nichts.

Daß meine Gefühle auch nichts nützen, weder auf Bahnhöfen noch angesichts des Todes, wollte ich ihm sagen, daß man trotzdem Widerstand empfände, aber da, unangekündigt wie vorher an Gleis acht der Zug nach Emden, lief endlich unser Zug auf Gleis sieben ein, und ich erkannte, wieder nutzlos zornig, daß ausgerechnet heute die Wagenreihenfolge geändert war, und rief dem Mann nur noch *Wir müssen nach hinten* zu, verließ ihn, die Laptop-Frau hatte sich schon trippelschrittig in Bewegung gesetzt, ich überholte sie, es tat mir ein bißchen leid, weil ich mich nicht um den alten Mann kümmerte, nur noch bedacht auf meinen Spezialplatz, auf meine Ruhe von allem und vor jedem, kein Interesse mehr, nur noch, bohrendes, an mir selber.

Und meinen Spezialplatz habe ich erobern können, abgewirtschaftet, als wäre es um mein Überleben gegangen. Aufatmen, endlich allein. Der alte Mann hatte ausgedient, und ich ein beinah behagliches schlechtes Gewissen, mit dem ich dachte: Waren wir nicht sowieso mit unserer Konversation am Ende? Und hat die ihn nicht überhaupt eher gestört? Immerhin habe ich ihm *Gute Reise!* zugerufen, als ich ihm vorauseilte zu meinem Wagen erste Klasse Raucher. Mich sogar nochmals zu ihm umgeblickt: Da stieg er in der zweiten Klasse ein. Vielleicht nur vorsichtshalber? Damit der Zug nicht ohne ihn abführe? Und er würde sich von Wagen zu Wagen mit seinem Koffer im Fahrgestell und der prall gefüllten, altmodischen Mappe zu mir durchfahnden? Dann aber könnte er immer noch Nichtraucher sein. Oder würde er, um der Geborgenheit willen, das bißchen Passivrauchen in Kauf nehmen? Er hätte keinen Lesestoff. Ich würde ihm vorschwindeln: Leider muß ich dieses Buch lesen, ich muß es rezensieren. Als Es-nützt-ja-doch-nichts-Mann würde ihm das nichts ausmachen. Zu schweigen wäre ihm wahrscheinlich sogar sehr recht, er braucht nur etwas Gesellschaft. Er würde mich in jeder einzelnen Sekunde irritieren.

Der Mann kam nicht. Nach ungefähr einer Viertelstunde Fahrt müßte er jetzt seinen Platz gefunden haben, erste Klasse, zweite, egal, er fände sich ab wie mit allem, und *Gute Reise!* wünschte ich ihm jetzt erst gründlich.

Zu Thomas Mann
fiel ihr nichts ein

In Zimmer 217 war sie es, die im Bad länger brauchte, nebenan in Nummer 219 er, was sie selbstverständlich nicht voneinander wissen konnten.

Ob er das war oder seine Frau, fragte sie sich bei den Geräuschen aus den Wasserrohrleitungen, und dann fragte sie es ihren Mann und fuhr gleich fort: Ob die zwei sich jetzt noch weiter geistig betätigen, ich meine, irgendwas diskutieren? Sie hörte, daß sie neidisch-neugierig klang, wie bei Appetit auf heißen Apfelkuchen mit Vanillesauce. Ihren Mann, der das auch bemerken würde, wollte sie nicht kränken, aber sie war so angeregt! Einen Gedankengang mußte sie einfach noch loswerden: Hörst du mir zu?

Er grunzte: Ja. Mach ich. Was denn sonst?

Also, der Professor hat gesagt, so ungefähr, daß es Gott egal ist, ob wir an ihn glauben und bimbambum blah blah, alles was dazugehört, es wäre ihm egal, und daß wir es um unseretwillen tun, glauben, und es leuchtet mir ein, es hilft *uns*, nicht Gott, stimmts? Aber ich würde ihm trotzdem Folgendes zu bedenken geben ... Sie streckte zuerst das rechte und dann das linke Bein aus dem Schaum der Wasseroberfläche, er hatte vorhin schon moniert, daß sie mal wieder nicht aus der Badewanne rausfände, sie rief vergnügt ins Zimmer: Also ich würde dem Professor zu bedenken geben ... etwa so: Obwohl wir nicht Gott zuliebe glauben, beten und so weiter, und wissen, bei ihm können wir damit und mit überhaupt nichts Punkte machen, meine Tante Wilhelma sagte zu so was immer *ein rot Röckelchen verdienen*, kennst du das? Du hörst mir zu? Ich würde zum Professor sagen: Eigentlich ists trotzdem doch schön, daß wir wider besseres Wissen das Gefühl nicht loswerden, Gott zu gefallen, wenn wirs tun, glauben, beten oder richtig handeln. Ich würde es besser formulieren, so was mit *einwohnendem* Gefühl ... und »Du führest uns auf rechter Straße« zitieren. Sie zerteilte mit den Zehen eine hochaufgetürmte schwankende Badeschaumwolke und sagte: Weißt du, was Ernsthaftes tut verdammt gut. Es ist wie Reinigung. Ein Vollbad für den Geist. Die andern Männer reden bloß über ihre irgendwie nachgeahmte Leidenschaft für Golf oder sind Hobbyköche. Eigentlich ist er übrigens ein Thomas-Mann-Spezialist. Ich müßte dringend mal wieder Thomas Mann lesen. Aber ich hab gesagt, er hätte besser die Veröffentlichung seiner Tagebücher verhindert, weil die Leute so doof und spießig drauf reagieren, und ich glaube, das gefiel ihm. Er sieht überhaupt nicht wie ein Germanist aus.

Sondern?, fragte er, und sie fand nicht, daß er entgegenkommend klang. Auch nicht interessiert.

Besser, antwortete sie trotzdem. Sie würde Mißmut riskieren. Komm aufs religiöse Thema zurück, empfahl sie sich. Ist unverfänglicher. Sie wollte sagen: Daß wir Gott, obwohls ihm schnuppe ist, gefallen wollen, hat doch einen prima Nebeneffekt fürs menschliche Zusammenleben, als er dröhnte: Daß ich nicht lache, du und »auf rechter Straße«! Was du brauchst, ist ein Stadtplan.

Ihr Herz erstarrte. Nun wärs besser, den Mund zu halten. Er war die fleischgewordene Geschichtsschreibung und sich, als wären sie in den letzten Jahren geschehen, auf Abruf jeder ihrer Verfehlungen bewußt. Obwohl der Schaum noch nicht zusammengesackt war, gefiel es ihr nicht mehr im Badewasser, aber sie traute sich auch nicht heraus. War das der Professor? Oder wars seine Frau, die in Nummer 219 jetzt die Toilette benutzte? Sie entschied, daß es seine Frau war. Sie hörte so was nicht gern.

*

Aber das kenne ich auswendig, rief der Professor aus dem Bad rüber ins Schlafzimmer, wo seine Frau mit glanzverschmiertem Gesicht im Bett wartete; zwischen ihrem Gequengel und ihrer behaglichen Kuschelei, die er im Spiegel erspähte, gab es keine Verbindung. Wie gehabt, wie gehabt, tut mir leid, tut mir leid. Er wußte nicht, ob er es sagte oder nur dachte.

Sie beklagte sich in einem Ton zwischen Gekränktsein und Schimpfen. Ich warte und warte und alles in der schlechten Luft, und du weißt, daß ich ein Problem mit Rumstehen habe, aber du mußt mit diesen Leuten reden und noch mal reden ...

Es waren Studenten, und auch sie hatten ein Problem, rief er. Um noch nicht zu ihr ins Bett steigen zu müssen, entschloß er sich zu einer Nachtrasur. Obwohl das Surren des flinken Philips ihrem Koloratursopran nicht gewachsen war – ihm bliebe die kleine private Genugtuung glatter Haut, eine Einschlafhilfe.

Ich weiß es noch haarscharf und wie vor einer Minute passiert, tönte sie. Es sitzt mir in den Knochen. Und es ist nicht der erste Beweis dafür, wie total vergessen du mich kannst, wenn irgendwelche Leute dich umschmeicheln, ist doch dir wurscht, was aus mir wird. Ich stand da rum in der schlechten Luft mit meiner beginnenden Migräne ...

Gut, daß du dann doch keine gekriegt hast, rief er mit gekünstelter gutgelaunter Unbefangenheit, er beharrte auf dem Gebot der Stunde: Ruhig bleiben. Du brauchst deinen Schlaf. Sie war ein Nachschlagewerk. Eins für ihre Tugenden, erster Teil. Der zweite Teil dokumentierte seine Missetaten. Rasur beendet, ihre Litanei aber nicht. Trotzdem mußte er jetzt auf seinen ihm von der Hotelrezeption zugewiesenen (schließlich ja auch von ihm georderten) Platz und ins Bett. Im angrenzenden Bad entleerte jemand, der damit viel zu lang gewartet hatte, seine Blase. Der Professor und seine Frau und das Ehepaar aus Nummer 217 waren einander, als sie ihre Zimmer verließen, schon zweimal begegnet. Der Professor dachte jetzt an das seltsam erwartungsvolle Gesicht der Frau, ein Ausdruck wie bei einem Mädchen, das sich auf das Interessante im Leben freut, und er verfügte, daß das ihr Mann war, der mit der malträtierten Harnblase. Wie seine eigene Frau läge die Nachbarin schon im Bett, aber in freundlicher Schläfrigkeit. Mit Überraschungen wäre in dieser Ehe kaum noch zu rechnen (ganz jung war sie nicht mehr). Sie wartete trotzdem, hatte den Kerl da im Bad von Herzen gern und gäbe ihm einen geschwisterlichen Kuß, würde weiter auf etwas ganz anderes warten und bis es, wahrscheinlich nie, einträfe, mit den selbstgemachten spannenden Ereignissen ihrer Phantasie spielen. War auch besser so, besser für den häuslichen Frieden. Der Professor wurde schläfrig, trotz des Widerstands, den er im Schweigen seiner Frau mitbekam, und überm Versuch herauszufinden, ob die Zimmernachbarin mit der ganz aufgeweckten, aber auf die

Dauer ein bißchen lästigen Person identisch war, die so überdreht mit ihm bald Gott, bald Thomas Mann durchhecheln wollte, spielte sein Gehirn verrückt, woran er es nicht hinderte: Seinen Schlaf brauchte er wirklich.

*

Die Frau aus der Nummer 217 krampfte sich zusammen, sie wußte: Nach einem solchen erhellenden und befreienden und vollbadähnlichen Austausch wie dem mit dem Professor durfte sie nichts anderes tun, als ihrem Mann vergeben, aber der schlug nun das Geschichtsbuch auf irgendeiner Seite fünfzehn oder sechsunddreißig auf, läppische Short-short-story aus ihren gemeinsamen Gründerzeiten, und ihre Verliebtheitsepisode mit einem Stadtgärtner kam dran.

*

Die Frau des Professors besiegte ihren Stolz und das Stummsein, womit sie ihren Mann aus dem Initialeinschlafchaos schreckte, und beschwerte sich über die dünnen Wände des Hotels: Das Gequassel von nebenan hört nicht auf. (Beleidigter Seufzer.) Dann spitzte sie ihre Stimme an: Aber die Frau nebenan hat Glück, man könnte neidisch werden. Es ist nämlich der Mann, der redet. Es ist eindeutig eine Männerstimme. (Pause, wie Auflauern.) Merkst du was?

Der Professor gab einen Laut zwischen Räuspern und Grunzen von sich.

Der *Mann* redet! Und was ist bei uns? Du gönnst mir keinen Satz. Speist mich mit Happen ab.

Ich muß ja wohl zuhören, sagte er. Aber bitte nicht noch

ein Drama aus deinem Œuvre der Vernachlässigungen durch mich. Mit deinen Kommentaren erweiterst du sie und damit verhunzt du sie, künstlerisch sind sie wertlos. Warum mistest du nicht einfach mal dein Gedächtnis aus? Schaffst Platz für die aktuellen und wichtigen Dinge? Kein Wunder, daß du täglich irgendwas verpaßt bei dem mit altem Gerümpel verstopften Kopf.

Gut, sagte sie kalt, es *ist* eine ziemlich alte Geschichte, und ich wurde nur an sie erinnert, weil du mich heute abend wieder mal über irgendwelchen anderen Gesprächspartnern vergessen hast, ich war wieder wie ein an der Garderobe abgegebener Mantel, und deshalb ist meine alte Geschichte noch immer hochaktuell.

Der Professor knipste jetzt erst seine Bettlampe aus, aber ihre blieb noch an; er sagte sich sein eigenes Credo vor, das im fernen, für Gebete unerreichbaren und auch nicht zu begeisternden Gott gipfelte – warum trotzdem wünschte er zu beten? Vor sich unter geschlossenen Lidern sah er die Zimmernachbarin, aber es war wie bei einem schwierigen Puzzle, er konnte ihr Gesicht nicht zusammensetzen, und obwohl sie verstummt war, hörte er seine Frau fast so, als würde sie reden und reden, aus jeder Pore und jedem Ausatmen zu nah neben ihm wehten ihn Vorwurf und Geschichtsschreibung an.

*

Lieber Gott ... noch ein Versuch, und dann kamen die Frau in Nummer 217 und der Mann in Nummer 219 nicht weiter.

*

Sie stellte sich vor (und kam dadurch besser mit dem leisen penetranten Schnorchelgeräusch aus seiner Kehle zurecht), wie sie, morgen am Frühstücksbüfett, überrascht täte und den Professor begrüßte (ihr Teller wäre der einer Asketin), und dann würde sie sagen: Nur noch kurz was zu gestern, wegen Gott, und daß wir nicht ihm zuliebe, sondern aus Eigennutz glauben, mir ists am Beispiel Beten aufgefallen, daß wir beten, damit wir uns Wort für Wort aus der Todesangst heraussprechen ... Leider fiel ihr nichts zu Thomas Mann ein, es wäre dem Professor lieber, und das war jetzt wirklich Schnarchen, da neben ihr, kein Wunder, daß sie nicht nachdenken konnte.

*

Gut, sie hielt nichts von Amnestie, nichts verjährte – der Professor sah das absolut anders, doch warum fühlte er sich trotzdem jedesmal, wenn sie ihm uralte Kamellen als frische Schuld auftischte, wie ein bloß auf Bewährung freier Sträfling? Neben ihr lief man im Grunde nur wie ein Freigänger herum, Hafturlaub, offener Vollzug. Jemand kontrollierte, protokollierte. Armes Ding, der Professor fand nicht zum ersten Mal, aufs Ganze gesehen, seine Frau bedauernswert, sich auch, verglichen mit ihr war er im Vorteil, hundertmal besser dran als sie.

*

Sollte sie ihn wecken und ihm das sagen, was ihr plötzlich durch den Kopf ging und da drin richtig aufräumte, und sie fand es so bemerkenswert und originell – ach, der Professor nebenan! Was für ein idealer Zuhörer er wäre, wie gern sie ihre Einfälle an ihn los würde, jetzt sofort! Und was sie nicht alles unterdrücken mußte, weil ihr Mann nun mal keinen Sinn für so was hatte, gar nicht erst haben wollte: Wie schade drum! Mit dir fühle ich mich eigentlich immer wie ein Schmuggler beim Zoll, sagte sie stumm zum benachbarten Schnarchen, mit dem er sie noch bis in ihre Nächte hinein verfolgte und behinderte. Als Geräusch hatte es die Funktion des Lichts in der nächtlichen Zelle. Sie wandte den alten Trick an: Stell dir ein Tier vor, ein schönes Tier, Tiger oder so was Verwegenes, dann ekelts dich wenigstens nicht. War nicht auch das auf seine Weise sehr originell, vielleicht sogar genial? Wer weiß, wie vielen Talenten ein Mensch nach Art des Professors bei ihr applaudieren würde. Auf einmal kam es ihr so vor, als entginge einem außerordentlich großen interessierten Publikum eine Menge, einfach dadurch, daß sie den Mund halten mußte.

Hidden Creek Ranch

Wir haben diese Sitte mit dem Wander-Pokal für die erfolgreichsten Ferien, und ich hatte ihn noch nie (bei uns ist das ein kleiner weißer Hai). Es fängt an mit der Abfragerei: Und wie waren deine Ferien? Gut. Gut macht sich besser als irgendwas Aufwendigeres. Ich kriege das bei meinen Eltern mit und finde es ganz schön albern und erst recht, daß die Jungen es den Alten nachmachen: Ein mißglückter Urlaub bringt Schmach und Schande, und du bist selbst dran schuld. Noch schlimmer, daß ich diesmal endlich die Beste sein wollte. Vorbereitet war ich einmalig. Fast hätte ich mich versprochen, weil mir von der langen Rückfahrt noch übel war und ich beinah vom *Stau auf der Autobahn* erzählt hätte, aber ich kriegte die Kurve noch und mir war vom *Jetlag* übel und von der zerlöcherten Nacht, und ich hatte einen versalzenen Geschmack im Mund. Obwohl ich alle in der Klasse ausstechen würde, ausnahmsweise ich mit dem interessantesten Schauplatz, hatte ich plötzlich keine Lust mehr, darüber zu reden. Aber ich war dran. Wir saßen nach der letzten Stunde an unserem Tisch im *Neumond*, und die meisten tranken Eistee oder Cola, ich hatte auch Cola, aber eine Mix (wie Harry). Placido nimmt es nicht so genau und gießt Rum rein, nicht zu knapp. Er weiß, daß er sich auf uns verlassen kann (bis auf Alix), und Kinder sind wir ja längst auch keine mehr. Ein Nachteil bleibt aber sogar bei meiner Ferienerfolgsgeschichte: Ich bin doch wieder mit meinen Eltern verreist. Außer mir hält Eltern keiner mehr aus.

Okay, denkt, was ihr wollt, aber nur durch meine Mutter kam ich an die Leute von der Hidden Creek Ranch. Sie ist die Freundin von Zita, und ihr amerikanischer Mann ist Jim Pallance, und die zwei haben die Ranch gegründet und sind die Chefs. Und schon ewig lang hat Zita meine Eltern bedrängt, sie da oben in Idaho zu besuchen, aber sie haben es immer noch hinausgezögert, bis auch ich was davon hätte.

Beim Reden merkte ich wie immer, daß ich Katrin imponieren wollte. Katrin sieht ideal aus. Sie sieht ziemlich genau so aus wie Meg Ryan. Harry imponieren wollte ich auch, aber vielleicht noch mehr Katrin (komischerweise, weil ich nämlich nicht lesbisch bin).

So ein erster Schultag nach den großen Ferien gehört zum Ödesten, aber diesmal ging es, weil mir meine Ferien überhaupt nicht gefallen haben und weil ich trotzdem die Ferien-Beste sein müßte, trotz Eltern, und deshalb Großes mit ihnen vorhatte. In meiner Erzählung für den Wettbewerb würden mir diese Ferien extrem gut gefallen. Ich sagte und hatte schon den Mix-Anteil an meiner Cola gespürt und ein paar Fragen beantwortet, es ging etwas aufwärts mit mir: Du wirst dort richtig reingeworfen in dein Abenteuer, ich meine, da stehst du nun plötzlich vor deiner einen Pferdestärke, du hast gar nicht mehr gewußt, wie riesig so ein Roß ist, ja und da mußt du dann rauf, du mußt selber sehen, wie du das packst. Gut, einer der Wrangler hält das Pferd, wenn du das erste Mal aufsteigst, das immerhin. Wo genau die Ranch ist? Wie man hinkommt? Zuerst mal, nach der Landung in Kennedy, New York City, sind wir nach Spokane im Bundesstaat Washington umgestiegen, das ist der nächstgelegene internationale Flughafen, aber wir hatten keinen Flug ohne Umsteigen. Und von Spokane aus, und wir waren schon ganz schön fertig, gehts noch mal knapp zwei Stunden weiter nach Harrison, und das ist jetzt Idaho, und viele Touristen kommen wegen der Indianer-Vergangenheit und wollen Indianer-Künste lernen oder wasweißich. Für Touristen haben Zita und Jim ein sechstägiges Basisprogramm ausgedacht, Reiten, Ausflüge, Wanderungen, Angeln und dergleichen, falls sich das harmlos anhört, sage ich euch, es sind lauter Mutproben. Mein Pferd war Copper. Copper, weil er kupferfarben ist. Er: Copper ist ein Wallach. Sie haben keine Hengste. Sie wären zu gefährlich fürs Reiten, fügte ich schnell hinzu, weil ich mit blöden Witzen rechnete: Die armen Stuten und so was, was ja noch harmlos wäre. Es hat aber sowieso niemand was gesagt. Ich achtete darauf (nicht so, daß es auffiel), ob Katrin es aushalten würde, so lang still zuzuhören; sie sieht Meg Ryan nicht nur ähnlich, sie hat auch ihr Temperament, ist zapplig und daran gewöhnt, die Hauptrolle zu spielen. Aber es funktionierte, bis jetzt.

Mein Copper hat schon ein paar graue Strähnen in der Mähne, erzählte ich, doch er ist noch jung, es ist sein Extra. Der Wrangler, Bill Miller, hat gesagt: Wenn ihr zwei gut miteinander auskommt, bleibt das dein Pferd, und auch der Sattel wird nicht verändert, er steht nur dir zur Verfügung. Es gibt da noch die Reitlehrerin, Madge, und sie und Bill redeten gleich auf englisch mit mir. Bill klingt ein bißchen nach Texas, es hat ihn nach Idaho raufgeschwemmt, Station für Station, in jedem Staat ein anderer Job, aber erst auf der Hidden Creek Ranch ist er wieder in seinem Element, wieder mit Pferden zusammen wie Jahre vorher unten in Texas. Nur, daß Idaho ganz anders ist, natürlich auch das Klima, das macht ihm nichts aus, hoch oben im Nordwesten, keine fünfhundert Kilometer vom Pazifik und keine zweihundert von der kanadischen Grenze entfernt. Er hat in der Nähe von Dayton auf einer richtigen Ranch gearbeitet und fand das besser als jetzt hier mit den Touristen von Zita und Jim Pallance, doch okay, sagt er sich, Hauptsache Pferde.

Ein paar Mädchen aus meiner Klasse sind verrückt auf Pferde, Simone will Pferdewartin oder wie das heißt werden, und auch meine Meg-Ryan-Katrin geht regelmäßig reiten, und so sagte ich, aber es war frei erfunden, ich hätte gleich am ersten Tag auf Copper den Programmpunkt Blue Lake Loop geschafft. Und frei erfunden war auch, daß ich behauptete: Es ist verdammt viel leichter, als ich dachte, reiten. Madge hatte mir erklärt: Der Gebrauch des Zügels dient als Steuerungsinstrument, und es hat sofort funktioniert, kein Problem.

Ich sah meine Leute an, auch Katrin, und ich glaube, ich irrte mich nicht, und wie erhofft sahen sie etwas enttäuscht aus, und es war Jennifer, die widersprach: Dann war deins nur Western-Reiten. Probiere erst mal englischen Stil. Da gibts große Unterschiede.

Nur, von wegen *nur* Western-Reiten! Für die zünftige Angeberei hat es mir an Kenntnissen gefehlt, also prahlte ich mit mir als Neuling auf dem hohen Roß. Wenn es sogar für Bill und Madge, und Bill ist erfahren und Madge eine Reitlehrerin, wenn es sogar für die zwei Profis was Ungewöhnliches war, daß einer ohne Pferdeerfahrung nach den paar ersten Runden auf den weiten Wiesen der Hidden Creek Ranch sich schon bis zum Blue Lake Loop wagt, dann kann es ja wohl nicht so leicht sein, Western-Reiten.

Die Szenerie sah ich vor mir, aber bei Copper sind die grauen Strähnen kein *Extra*, sondern Alterszeichen, Copper ist das zahmste Pferd, das sie haben.

Die Ranch liegt vollkommen versteckt im Tal, ich habe es lieber, wenn es irgendwohin einen Durchblick gibt. Ich hatte in der ersten Zeit dort so ein komisches Gefühl, nicht gerade wie Heimweh, ich wüßte nicht, wonach.

Von der ersten Anhöhe an kriegt man einen Überblick und sieht da unten die Ranch mit ihren neunzehn Gebäuden, die aus starken dicken dunklen Holzbalken gezimmert sind, und da und dort sieht man Seen und Wälder und Berghänge, und anfangs fühlt man sich nicht genug nach Idaho, mehr nach Schwarzwald. Wenn schon die Fremde, und Fremde finde ich gut, dann soll sie mich auf keinen Fall an den Schwarzwald erinnern.

Das mit dem Schwarzwald habe ich unterschlagen. Ich redete von der Wildnis. Die Hidden Creek wäre was für euch Pferdemädchen. Ihr habt dort ein neunhundert Quadratkilometer großes Wildnisgebiet zur Verfügung.

O Wunder, es war sogar Katrin, die darauf reagierte! Klingt toll, einfach riesig!

Ich fühlte mich so geschmeichelt, als wäre ich der Herr über diese Wildnis, aber dann kam das Tückische: Kommst du mit uns zum Reiten, okay? Statt einer Antwort orderte ich bei Placido meine zweite Mix. Es könnte nicht schaden, wenn Katrin dächte, ich hätte ihr gar nicht zugehört. Nur, verdammt mulmig war es mir geworden. Daß Angeberei gefährlich sein kann, ist mir nicht neu. Da gibt es schon so einige trübe Erfahrungen. Schnell weiter mit meinen erstklassigen Ferien.

Zum Blue Lake Loop ging es immer bergauf, oft sehr

steil, aber Copper hatte damit keine Probleme. Andere aber, nicht die Pferde, die Reiter, und die blieben zurück, sie haben den Blue Lake Loop nicht gesehen. Eine Frau hatte nach dem ersten Hügel, und der war noch harmlos, aufgegeben, und schon zu Fuß neben einem Pferdemonster am Zügel herzugehen, das ist alles andere als ein Kinderspiel. Ich beschrieb meinen Zuhörern den See, sein tiefes Blau, das er ja vermutlich auch hatte. Und die Spiegelung der fetten weißen Wolken und Baumkronen im Wasser, das ich vor mir sah, regloses Gebirgsseewasser, ich brauchte ja bloß wieder an den Schwarzwald zu denken.

Die Ranch heißt nach dem kleinen Fluß, der das Gelände durchquert und an manchen Stellen versickert, und für Mitteleuropäer ist das Gelände gewaltig groß, es sind zwei, drei Millionen Quadratkilometer ...

Halt mal, unterbrach mich Urs Melzer, mit deinen Zahlen kann irgendwas nicht stimmen, mit deinen Millionen. Bayern hat siebzigtausend und noch was und das Saarland zwanzig und irgendwas ... aber sturen Rechthabern und überhaupt Leuten, die mich reinlegen wollen, bin ich gewachsen und sagte bloß wie nebenbei: Man kriegt Prospekte dort, und ich kann sämtliche Zahlen überprüfen. Also egal, es ist ein riesiges Ausmaß, und darin liegt das versteckte Tal namens Hidden Valley, und nach dem könnte die Creek-Ranch auch heißen, aber Hauptsache *Hidden*, denn die von Süden kommende Zufahrtsstraße zur Ranch ist eine Sackgasse und nicht mal geteert und du merkst: Jetzt bist du wirklich vor der übrigen Welt *versteckt,* und das ist die Einsamkeit. Denn nördlich der Ranch gibt es nur noch Wälder, Berge, Pfade, Rehe, Hirsche, Coyoten und auch Berglöwen und Bären, aber die bekamen wir leider nicht zu sehen. Es ist ja ein neunhundert Quadratkilometer großes Wildnisgebiet und das ist, neunhundert Ka-Em hoch zwei, fast dreimal soviel wie die Fläche von München (bei dieser Zahl war ich mir sicher), und die kann das Team der Hidden Creek Ranch für seine Touren nutzen. Ich überlegte, wie es im Prospekt weiterging, steckte bei den zweikommadrei fest, aber es hieß dort, da war ich auch sicher, daß die Ranch ihre eigenen zweikommadrei Quadratkilometer Natur mit diesen neunhundert à la München ergänzen kann, um ein Vielhundertfaches ergänzen, es hat keine Million hinter der Zahl gestanden.

Die Sache ist was für Naturfreaks, und ich bin eigentlich keiner, und das Motto von Zita und Jim Pallance für ihr Erlebnis-Programm heißt auch *Entdecken Sie die Natur wieder*, was für mich schwachsinnig klingt, und deshalb hatte ich im Stadium der Reiseplanung noch zu Haus eigentlich ziemlich wenig Lust auf diese Ferien. Aber dann wars, siehe Einsamkeit, ein Mega-Erfolg. Wenn du bei Jims oder Zitas kleinen Abendvorträgen gut aufpaßt, kannst du dich von der Gruppe absentieren und total allein auf die Suche machen. Und wenn ihr mich *auf die Suche nach was* fragt, fallen mir keine seltenen Pflanzen oder irgendwelche Insekten und keine Spuren von Wild oder so was ein, du suchst nichts Bestimmtes, du willst aber irgend etwas herausfinden, oder fühlen, vielleicht über dich selber. Ich wußte, daß ich sie alle beeindruckte, nicht nur meine Freundinnen, nicht nur Meg-Katrin, auch die Jungen aus meiner Klasse, denn ich hatte es überhaupt nicht kitschig gesagt.

Übrigens haben meine Eltern Bärendreck gefunden, und das war so. Sie nahmen sowieso immer an Exkursionen in der Gruppe teil, und einmal, nach einem Picknick auf einer

Bergwiese, ringsum Wälder, haben sie festgestellt, beziehungsweise Jim hat das getan, daß sie aus noch nicht mal hundert Meter Entfernung von einem Bären belauert worden sein mußten. Weil Jim den Bärendreck fand und weil er oder Zita ihn prüfte und er noch warm war, sie nennen es Bärendreck, den Haufen, den sie machen. Und Jim sagte ihnen, er hätte vorher schon bei der Wanderung, und da gab es fast nie richtige Wege, aus der Ferne einen jungen Bären laufen sehen und wäre deshalb nach rechts abgebogen und hätte nichts gesagt, um keinen zu erschrecken, die in der Gruppe nicht und erst recht nicht den Bären, denn besser wäre es, ihm nicht zu nah zu kommen. Bei Jim und Zita ist alles anders als in den vielen Guest Ranches im amerikanischen Westen, sie sagen: Bei uns spielt wirklich die Natur die Hauptrolle. Und das nicht, weil ihre Bären größer und ihr Terrain wilder wären als sonstwo und die Bäume höher und die Seen tiefer, sondern weil sie Umweltschutz machen.

Der Umwelt-Zirkus war mir schon zu Haus bei Zitas Post auf die Nerven gegangen, meine Mutter hat er schrecklich begeistert, und sie wollte viel lernen von ihr, und ich hatte ihn jetzt hauptsächlich für Harry aufs Tapet gebracht, Harry hält eine Menge von Umweltschutz. Und wenn überhaupt einer aus meiner Klasse oder sonstwie aus meinem Jahrgang, dann ist es nur Harry, den ich in Betracht ziehe. Er sieht David Beckham ziemlich ähnlich. Aber natürlich hat er noch keine Spur von dem im Gesicht, was ich den Kennerblick nenne. Ich sagte: Bill Miller hatte den Kennerblick, nicht nur bei Pferden. Mich hat er gleich beim ersten Mal taxiert, und daß ich bestens dabei wegkam, hätte jeder gemerkt. Jim hat den Kennerblick nicht, es hängt also nicht nur mit Erfahrungen und mit dem Alter zusammen, das Attraktive an einem Mann. (Über meinen Vater kann ich dazu nichts sagen, irgendwie würde ich es auch nicht wollen, ich bin zu subjektiv, und sowieso, als mein Vater denke ich über ihn als Mann nicht nach.)

Aus Briefen von Zita, die uns meine Mutter vorliest (und wieviel mein Vater davon mitkriegt, weiß ich nicht, denn er steckt hinter seiner Zeitung), kann ich eine Menge über ihren Umweltschutzfimmel berichten. Ich machte es für Harry, und der *hat* zugehört (die andern im *Neumond* auch, schon mal erstens, weil wir diese Sitte mit dem Ferienerzählen haben, und zweitens, weil ich diesmal diese Sitte nicht so lästig finden wollte, ich verreise ja noch mit meinen Eltern und sonst nie an aufregende Plätze, und in diesem Sommer die interessantesten Ferien hatte). Das ist so bei dem Pallance-Ehepaar, fing ich an, Zita erklärt ihre Absicht: Speziell den Gästen aus den Städten Amerikas oder wo sie sonsther kommen, will sie zeigen, daß es auch anders geht bei vielem, was die Menschen so gewohnheitsmäßig machen, ohne einen Gedanken an die Ressourcen zu verschwenden. Zum Beispiel Waschen mit wenig Wasserverbrauch und ohne chemische Zusätze zum Aufhellen oder was auch sonst. Daß man auf stromfressende Klimaanlagen ohne Komfortverluste verzichten kann und wie man das kann. Ich denke mir allerdings, da oben im kühlen Nordwesten ist das leichter als unten und in der Mitte, wo es furchtbar heiß wird, aber auch dafür hatte sie irgendeine Erklärung. Und daß man nicht ohne zu überlegen das Auto benutzen muß, nicht für jede zwanzig, hundert oder dreihundert Meter entfernte Aktion. Die gehen ja nicht mal einen halben Block runter zum Briefkasten zu Fuß. Und man soll beim Einkaufen von Putzmitteln und Kosmetikartikeln auch auf irgendwas Bestimmtes aufpassen, es geht, glaube ich, irgendwie um die Verpakkungsproblematik, und du sollst an alles die Frage nach dem Recycling stellen. Es ist aber noch viel mehr, womit sie die Gäste belehrt. Ich mußte an eine andere amerikanische Freundin meiner Mutter denken. Die lebt in Tempe/Arizona und verachtet sämtliche Umwelt-Fanatiker und stellt eine Unmenge von diesen Rasensprengern in ihrem Grundstück auf und läßt sie Tag und Nacht ihre Wasserwedel hin- und herschwenken, und sie nimmt ständig Vollbäder und läßt alle Lichter im Haus brennen, und wo sie sonst noch kann: alles Verschwenderei, aus Trotz, und sie hat Spaß dran, aber diese Freundin ließ ich jetzt weg und erst recht, daß ich sie tausendmal sympathischer finde und amüsanter als die strenggläubige Umwelt-Zita, schon wegen Harry kein Wort darüber.

In ihrem Prospekt schreibt Zita: »Wir wollen dazu beitragen, die Welt, in der wir leben, zu erhalten, so daß viele Generationen die Wunder der Schöpfung genießen können.« Zita ist vierundvierzig, Jim fünfundvierzig. Beide sehen ziemlich verwittert aus, die Haare machen sie einer dem andern, ich meine: Schneiden. Mit Naturlocken hat Zita Glück, und sie trägt ihr wetterfestes Haar sehr kurz, Jim auch. In ihrem Büro und in den Gästezimmern haben sie ausschließlich Recycling-Papier, also ein bißchen graues und häßlich, und Recycling-Papier auch in den Toiletten und in der Küche. Die Picknickbeutel sind aus *grüner,* und das heißt aus organisch angebauter Baumwolle, und es gibt biologisch angebautes Gemüse vom Grundstück. Und sie experimentieren mit Pflanzensymbiosen, mit denen wollen sie Parasiten reduzieren, aber ich fürchte, bis auf dich, Harry, langweilt das alle, vielleicht weniger, daß sie Nisthilfen machen, für Schwalben und Fledermäuse, Insektenfresser. Ich kenne mich ja nicht gut in Naturdingen aus, dachte aber, den Umweltleuten wären auch sämtliche Insekten heilig, scheint jedoch nicht ganz so zu sein, einige scheinen doch zu stören. Obwohl, wenn schon *Schöpfung*... die nicht heiligen Insekten sollten da ja doch auch reingehören, oder?

Harry sagte bloß irgend etwas Ausweichendes und dann, daß das ja nur ein paar kleine Anfängerschritte wären, das was Zita den Leuten beibrächte, aber in Amerika müßten sie wohl noch ganz schön unbedarft in Umweltfragen sein.

Zita und Jim lebten vor ungefähr zehn Jahren noch in der Industrie-Region von Michigan, von heute auf morgen haben sie sich für die Wildnis entschieden. Sie hatten gut bezahlte Jobs in der Auto-Zulieferungsindustrie, Führungsjobs. Aufgegeben, alles, das bequemere Leben. Sie wollten endlich etwas Sinnvolleres tun, sie wollten mit ihren Jobs für Autos nicht noch mehr für die Umweltschädigung tun. Wir saßen am Lagerfeuer, und Zita erzählte: Zwei Jahre lang haben wir zwanzig verheißungsvolle Ranches angesehen, ehe wir Hidden Creek und damit unseren Traum gefunden haben, im gesamten Westen zwischen Colorado, New Mexico, Montana und Wyoming. Mittlerweile haben sie siebzig Reitpferde und ein Kutschpferdepaar, außerdem Ponys, Ziegen, einen Esel und dann den Streichelzoo mit Lämmern und Hasen und natürlich Hunde und Katzen, und auf den Koppeln weiden morgens wilde Truthähne, was irgendwie toll aussieht. Es können sechsunddreißig Gäste kommen, die meisten verteilt auf sechs Blockhäuser, und wir wohnten in der Lodge selbst, okay ja, ich hatte kein Zimmer für mich, aber das Zimmer war mit einer Zwischenwand, es war schon in Ordnung, es war nicht total ideal, aber die Wildnis und die Fremde und Einsamkeit haben das wettgemacht, wirklich. Und über zwanzig Mitarbeiter, mit denen und den Gästen gibt es keine Probleme, eigentlich ist alles miteinander befreundet, das kommt auch von der Wildnis, sie schmiedet zusammen. Für Abenteuerlustige oder einfach nur Naturliebhaber kommt keine Langeweile auf, und daß ich als Einzelgängerin bestens auf meine Kosten kam, habe ich schon gesagt. Du wirst auch deswegen nicht angefeindet, du kannst machen, was du willst. Manche machen schon in der Morgendämmerung Fliegenfischen am Forellenteich, und bei den meisten ist der Tag gestopft voll mit Unternehmungen. Noch was kurz über meine Eltern und warum es fast so war, als wäre ich in Hidden Creek allein gewesen: Die waren dauernd irgendwo in der Wildnis unterwegs, fingen schon um halb zehn morgens an, erster Programmpunkt ein Ausritt, und so ein Ausritt kann bis zu fünf Stunden dauern, manche auch über Nacht. Dann wird in einem Zeltcamp übernachtet, ich habe es nie mitgemacht, zu viel Leute, zu wenig Einsamkeit, aber meine Eltern, und dann hatte ich sogar auch nachts alles total für mich. Wer über Mittag auf der Ranch ist, den ruft um halb eins die Dinner bell zum Lunch.

Als Marion wissen wollte, was es zum Essen gegeben hatte, mußte ich nur eineinhalb Sekunden stoppen und sagte dann was von all den biologisch-organisch angebauten Gemüsen und erfand Eier oder Steaks von biologisch irgendwie grünen Hühnern und Rindern dazu. Nachtisch? Ich fand, Obst, Bio natürlich, paßte am besten, aber damit es nicht so langweilig klänge, dachte ich mir irgendwelche Cremes aus dem gesunden Zeug aus. Es ging ums Beneidetwerden. Um meine erfolgreichen Ferien, meine diesjährigen Ferien erster Klasse. Was Meg-Katrin anging, sah es gut aus für mich: Es gehört schon verdammt viel dazu an dem, was du zu bieten hast, um eine quirlige Hauptperson wie sie zum Stillhalten zu bringen. Und das hatte ich erreicht. Gar nicht unwahrscheinlich, daß heute sogar auch sie den kleinen Umweg machen und nach der *Neumond*-Party mich nach Haus begleiten würde. Mindestens bis zum Abzweig Paradeplatz.

Und auch nachmittags war ich solo. Meine Eltern nahmen an allem möglichen teil, meine Eltern sind sowieso tolerant, sie zwingen einen zu überhaupt nichts. Reiten, Rodeo, Radeln, Tontaubenschießen, aber bei der Social hour waren sie meistens dabei, siebzehn Uhr, Zita und Jim und ein paar Mitarbeiter reden über den vergangenen und den nächsten Tag, und das ist entweder auf der Terrasse oder im Garten, es gibt Wein vom Haus, roten, weißen, was man will. Und ein ganz spezielles Bier, dunkles Bier aus Oregon, schmeckt einmalig, *Henry Weinhard's Private*, wegen dem habe ich die Social hour auch ungern verpaßt.

Sehr beliebt sind die Sonnenuntergangsritte und Western-Tanzabende. Und am Lagerfeuer werden die Cowboystiefel mit dem *HC*-Brand verziert. In der Lodge, dem Haupthaus, wird das Dinner serviert, achtzehn Uhr, auch die Mitarbeiter nehmen teil bis auf die, die in der Küche oder beim Service gebraucht werden. Jim sagt dazu: Wir sind eine echte Groß-Familie. Außer einem Stamm von Dauermitarbeitern helfen in der Saison, Mai bis Oktober, auch Studenten, und die Pallance haben einen erwachsenen Sohn, mittelgut aussehend, Gregory, und der betreut das Kinderprogramm, aber an Gregory Peck sollte man bei ihm lieber nicht denken. Von den Mitarbeitern sehen viele ziemlich gut aus, aber der beste ist und bleibt Bill Miller, der Wrangler, der meine Freundschaft mit Copper begründet hat, in zwei Minuten.

Schon als ich anfangs von Copper erzählte, waren mir die Pferdeverrückten in der Klasse mit Fragen nach Fotos ins Wort gefallen, allmählich ging es aber immer mal wieder um Fotos überhaupt, und das hat mir natürlich ein komisches Gefühl verpaßt, aber ich bin von Natur aus optimistisch, und das heißt auch: Ich lebe in den Tag hinein, über das, was kommt, mache ich mir keine Gedanken. Im Unterschied zu den meisten macht mir montags die Mathe-Arbeit vom Freitag überhaupt noch keine Ängste und so weiter. Meine Eltern sagen: Das ist hauptsächlich günstig, eine gute Veranlagung, aber auch nicht ganz ungefährlich. Na schön, im *Neumond* dachte ich vielleicht höchstens mit einem Nebengedanken an das Heikle mit den Fotos. Die Erwachsenen reden auch immer von schnellebiger Zeit und wie schnell ein Schrecken den andern jagt und genauso schnell vergessen ist. Das würde sich hinziehen, das mit den Fotos, habe ich gesagt und noch was über besonders ausgefallene Kameras und Camcorders meiner Eltern und daß ich nichts Genaueres darüber wüßte, nur daß es kompliziert wäre und ich es nicht kapierte. Besser schnell weiter versinken im Hidden Valley, gutes tiefes Versteck. Vier Gänge beim Dinner sind Standard, donnerstags gibt es das Gourmet-Menu, mit Weindegustation, weil meistens freitags abgereist wird und der Höhepunkt eine Spitzenerinnerung für die Gäste bleiben soll. Funktioniert auch. Jeff, ein Zahnarzt aus Maine, aber für einen Zahnarzt sah er spitzenmäßig gut aus, hat von einem unauslöschlichen Eindruck gesprochen. Er war nur für einen Drei-Tages-Trip von der Ostküste rübergekommen und hat nachts immer noch in einem der beiden Hotel-Whirlpools gebadet, weiß ich von meinen Eltern. Die Badeanlage wurde bei den Blockhäusern in Aussichtslage gebaut, und die

Schwimmer nennen es Mondscheinbad, und es soll sehr romantisch sein. Hoch über dem versteckten Tal. Sie schalten Jetstream und Blubberbläschen ab, damit sie die Stille besser hören können. Ich hab da auch mal gebadet. Es ist etwas pervers. Am Rand der absoluten Wildnis köchelst du in vierzig Grad heißem Wasser. Die davon Begeisterten sagen, wie gut das ihren tagsüber geschundenen Knochen tut und daß es mental unüberbietbar wäre. Und ohne Jacuzzi geht für die Amerikaner nichts.

Ich riskierte das mit dem Jacuzzi. Niemand aus der Klasse gäbe sich die Blöße nachzufragen, was das ist, und ich weiß es auch nicht.

Zita und Jim haben außer dem Natur-Tick noch den mit der Indianerkultur. In sämtlichen Gebäuden hängen und stehen indianische Kunstdekorationen, nicht bloß als Schmuck, hauptsächlich als Mahnmal. Es gibt eine Hausbibliothek und darin eine Menge Bücher über Indianerkultur und Indianerproblematik. Zita und Jim haben bei einem berühmten Naturexperten in Kursen Sachen erlernt, die von Indianern entwickelt wurden: Feuermachen ohne Streichhölzer, Lesen von Wildspuren, den Bau einer Überlebenshütte ohne Werkzeug und wie man einfache Fallen macht. Und viele Gäste wollen das lernen. Meine Eltern auch, obwohl sie niemals Überlebenshütten oder Fallen brauchen würden und meine Mutter sowieso schon zu viele Feuerzeuge rumliegen hat, aber gut, ich hatte wieder frei für mich und die Einsamkeit. Ich habe, weil mir die Einsamkeit so wichtig war, nicht mal am Rauchen der indianischen Pfeife teilgenommen, die irgendwie übertriebene gute Laune der Gäste ist mir, ehrlich gesagt, ziemlich auf die Nerven gegangen, ich fand, sie war solch ein Gegensatz zur Wildnis, und sowieso bin ich kein Gruppenmensch. Sie machten auch das zeremonielle indianische Schwitzbad. Es findet in einer total lichtlosen Sweatlodge statt, und die Hitze entsteht durch Steine, die vorher im Feuer zum Glühen gebracht wurden, und danach kann man in einem Tipi übernachten, Tipis sind traditionelle Indianerzelte.

Wir waren längst beim Bier, letzte Runde im *Neumond*, und Placido hatte uns Pizzabrote hingestellt, und bald müßten wir uns auf den Heimweg machen. Der oder die mit der besten Geschichte braucht natürlich länger, aber es hatte sich bisher keiner von der Stelle gerührt, die Reitermädchen wollten sogar mehr von Copper wissen und ob ich mit ihm meine einsamen Abstecher gemacht hätte, und ich sagte: Copper war ein richtiger Freund, und daß ich meistens mit ihm herumgezogen wäre, weil ich da auch schneller in der Wildnis war und in der Stille von der besonderen Art, nämlich der, die man hören kann. Es ist eine Stille wie die um die großen Schiffe, die vom Flugzeug aus großer Höhe ganz winzig und auch sehr einsam auf dem Atlantik ihren Weg mit minimalem Schaum um den Bug ziehen und an das Gleiten von Schnecken erinnern. Oder wie Flugzeuge von der Erde aus gesehen hoch oben am Himmel, auch so winzig und so einsam. Die wenigsten Gäste können das große Angebot schaffen. Zita und Jim bieten auch noch ein Drumherum, beziehungsweise die Ranch bietet es, zum Beispiel mit der wie unendlich wirkenden und stark zerklüfteten Cœur-d'Alene-Seenplatte und dem Cœur-d'Alene-Fluß, auf dem die Gäste spätnachmittags gemütlich dahingeschippert werden. Auch eher gemütlich sind Fahrradfahren am Ufer, ein wahres Paradies, haben meine Eltern geschwärmt.

Ich machte eine kurze Pause. Ich fand plötzlich, daß meine Eltern einen ziemlich schwachsinnigen Eindruck erwekken mußten. Und bloß, weil ich möglichst viel action an sie delegieren und auch meine Unabhängigkeit herausstellen wollte. Eigentlich sind sie gar nicht so, sagte ich, so typische Touristen. Im Hidden Valley ist eben manches anders als anderswo, es ist nicht der Schwarzwald oder sonstwas Harmloses. Und übrigens fuhr meine Mutter gern Shopping, knapp eine Autostunde entfernt ist das Städtchen Cœur-d'Alene, 25.000 Einwohner, und sie erzählte: Einen Candy-Shop wie den von Barbe Cate in der Sherman Avenue kannst du im gesamten Amerika so leicht nicht noch mal finden. In der Sherman Avenue sind auch viele Läden mit indianischem Kunstwerk, und andere haben sich dort für ihre Wohnungen eingedeckt, aber meine Eltern machen so was nicht, sie machen es nirgendwo, außer ein paar kleinen Andenken vielleicht oder Mitbringseln, denn sie sagen, diese Vermischung der Kulturen ist bloß Kitsch. Oder so ähnlich. Okay, und das wärs. Der Abschied war verdammt nicht leicht. An den von Copper darf ich besser gar nicht erst denken.

Der Rest ist schnell erzählt. Schnell, weil ich lieber nur andeute, was dann passierte, das Ultra-Schreckliche. Für mich war es das, ich dachte, ich sterbe auf der Stelle, ich krieg keine Luft mehr. Für die volle Blamage vor Andrea, Simone, Anne und ausnahmsweise sogar meiner Meg-Katrin (Harry war auf unserem Heimweg nicht dabei, nur Thomas und Mickey) hatte ich noch genug Energie, das heißt: Ich konnte sie knapp noch abwenden. Keine Ahnung, ob ein Verdacht bleibt, die sind ja alle noch ganz schön arglos-kindisch. Die Prämie war also an mich gegangen, ein kleiner weißer Hai aus Plastik auf einem Holzsockel, sie wandert jährlich von einem zum anderen Ferienbesten (ging schon zweimal in Folge an Harry!), und ich hatte sie, schon wegen meiner

Eltern, noch nie. Alles bestens, sogar auch noch, als wir Ecke Wilhelmi-/Albert-Schweitzer-Straße in der Fußgängerzone fast mit meiner Mutter zusammengeprallt wären, meine Mutter ist vorzeigbar. Folglich fröhliche Begrüßung und ich sollte schnell mal den Hai zeigen, aber dann sagte meine Mutter: Ich habe die Fotos abgeholt. Ich lade euch auf ein Eis ein, und wir betrachten sie. Ich weiß nicht, woher ich genug Speichel aus meinem plötzlich ausgedörrten Mund kriegte, um herauszubringen: Wir hatten eben erst Bier, Mam! Paßt nicht.

Aber die andern fanden doch, daß es passen würde, schon weil sie auf Fotos von Copper scharf waren. Ich sagte, von Copper wären keine Fotos dabei, die hätte nur ich, und ich übertönte meine Mutter, die übrigens prima aussah in einem engen schwarzen, in einer schrägen Linie geknöpften Trägerkleid: Laß dir lieber was Ausgefallenes für die Party einfallen. Die Fotos gehen erst bei der Party rum. Und Fotos haben noch nie nach erstem Preis ausgesehen, und meine werden auch nur nach Schwarzwald aussehen.

Wie erwähnt, ich bin Optimistin, Motto: Heute ist heute, riskiere manchmal etwas zu viel. Trotzdem, die Zukunft hatte ich diesmal schon eingeplant, und zwar die des Reitens, nämlich daß ich vermutlich nie zum Reiten mitkäme, weil ich Copper ewige Treue geschworen hätte, und so weiter mit dem Kitschigen für meine Pferdefreundinnen (leider ist auch Meg-Katrin eine und Super-Reiterin dazu). Und im *Palace*, wo wir gerade noch den letzten Tisch im Schatten erobern konnten, steckte meine Mutter das Papier-Etui aus dem Foto-Laden zurück in ihren Beutel. Sie gibt gute Partys. Die oder der mit dem kleinen weißen Hai muß etwas bieten, mit der Trophäe ist die Feier verbunden, und meine Mutter hätte bestimmt eine Inspiration. Gar nicht ausgeschlossen, daß die Foto-Runde vergessen würde. Und wenn nicht: Bei geschicktem Umgang mit dem Bildmaterial wäre manches brauchbar aus der Mittelgebirgslandschaft, die mein Vater wie ein Besessener abgelichtet hat, die Ähnlichkeit mit dem Schwarzwald steht ja schließlich sogar in meinem Prospekt vom Hidden Creek Valley und der Pallance-Ranch. Und der Blue Lake Loop und die Seen der Cœur-d'Alene-Seenplatte (mein Vater hat vom Boot aus fotografiert, einfach: Wasser) sehen bestimmt grundsätzlich nicht sehr anders aus als der Titisee. Ich bin zuversichtlich. Schon beim Erzählen im *Neumond*, schon bald, nachdem ich damit angefangen hatte, habe ich den anderen nichts mehr vorgemacht, und meine Ferien sind gut gewesen.

Kipper

Mit Ehrerbietung heischendem Geschick vermied der greise Gelehrte es erneut, direkt im Sinn der Selbstaussage zu antworten. Nach seinem persönlichen Gottesverständnis befragt, wandelte er diesmal, nachdem er Bultmanns und Barths Pfade verlassen, Kierkegaards Kurven genommen hatte, auf Pascals Spuren hinter Pascals Spurensuche bei Augustinus her.

Verdammt beneidenswert, wieviel der Alte wußte und parat hatte! Es gefiel Kipper außerordentlich gut, daß er mitten in der Nacht beim Herumspielen mit der Fernbedienung auf einem TV-Kanal noch den Schluß eines Gesprächs mit dem berühmten dreiundneunzigjährigen Philosophen erwischt hatte. Wenn die zwei da auf dem Bildschirm schon bei Gott angekommen waren, würde es sich wohl um den Schluß des Interviews handeln. Aha! Kipper wollte sich das merken: Die Vernunft muß wissen, wann es vernünftig ist, sich dem Herzen zu unterwerfen. Die Vernunft muß so vernünftig sein, daß sie ihre Grenzen erkennt. Es war vom Glauben die Rede, was Kipper vor allem nachts bestens in den Kram paßte, und während er versuchte, sich keinen Gedanken entgehen zu lassen, mußte er doch an seine derzeitige Freundin Nummer eins denken, an die saftig liebende Tinka, und wie schmelzend sie ihn anblicken würde, wenn er ihr mit dem Satz käme: Die Vernunft muß sich dem Herzen unterwerfen. Da siehst dus! Ists nicht das, woran ich immer geglaubt habe? Und du brauchtest erst irgendeinen großen Denker, um es zu kapieren, Kipper. Schmollendes Gesicht, aber hochzufrieden, so sah Tinka aus, wenn sie beim Dessert den Löffel ablutschte, oder zum Abschluß einer Liebesleistung im Bett. Es ist allerdings Gott gemeint, der Glaube, und nicht was du denkst. Ach, Kipper, komm schon, sei nicht immer wieder dieser Spielverderber.

Kippers Kurzschlüsse und falsche Verbindungen fabrizierendes Gehirn mußte unbedingt Tinka loswerden, um den Genuß an einem gescheiten Wortwechsel zurückzugewinnen. Kipper war sein Spitzname, und manchmal dachte er, der schade seinem Bestreben, dem Geistigen und Wesentlichen und Ernsthaften, das der Bedingung der menschlichen Existenz innewohnte, konsequent auf den Fersen zu bleiben. Dem, was im Leben zählte. Aber leider war er einer, der sich ablenken ließ.

Obwohl er eben gerade wieder eine gewiß ergiebige Äußerung des Philosophen nicht mitbekommen hatte, sagte er sich bewußt vor, und hoffte, sich auf diese Weise zu disziplinieren: Was für eine Wohltat ist ein Gedankenaustausch auf so hohem Niveau, ein Reinigungsbad für das von törichtem Geplänkel verknäuelte Gewirr meiner kleinen grauen Zellen, o Glücksfall nach dem dummen Geschwätz und impertinenten Fragengequengel aus dem unbedarften undankbaren Auditorium, nach all der Bemühung oben auf dem Podium, vergeblicher Bemühung. Kipper hatte bei der Verteidigung seiner Position dauernd empfunden, wie wenig die Leute ihn überhaupt verstehen *wollten*. Seine Mitstreiter schienen die Sache leichter zu nehmen, das tat er sonst auch. Ihnen entging die Sinnlosigkeit der gesamten Veranstaltung, und auch er war erst in letzter Zeit ins Zweifeln über den Sinn sogenannter Diskussionen mit dem Bürger abgerutscht. Das war nicht weiter karriererelevant, sofern er sich nichts anmerken ließ, aber schlecht für seine sowieso nicht mehr als *Liebe zum Beruf* zu charakterisierende *Ausübung* seines Berufs. Hauptsächlich aber kam es Kipper wie ein Aufwachen vor. Er gewann seine kritische Intelligenz zurück. Man sollte noch heute aufhören, sich für diese Idioten und Freizeitfetischisten abzurackern, Schluß damit, für die ewig nörgelnden, aber nichts lernenden und deshalb auch nichts wissenden, außerdem feindlich gesonnenen Deppen Politik zu machen. Sofort sollte man damit aufhören.

Das Herz hat seine Gründe, die die Vernunft nicht kennt. Der alte Philosoph, wieder bei einer ausweichenden Antwort, hatte Pascal zitiert. Ehe Tinkas Fleischlichkeit, dieses Abbild flämischer Lebenslust, sich wieder zwischen Kipper und das Fernsehereignis für den Geist drängte, memorierte Kipper: Ein Labsal, der alte Mann, auch nach den Eindrücken beim nächtlichen Auslauf, die großstädtisch durchkriminalisierte Fußgängerzone rauf und runter, den Kipper hinter sich hatte, weil er Bewegung brauchte, um seine Wut abzuarbeiten. Er atmete durch.

Etwas leberkrank und ziemlich schüchtern sah der nicht mehr junge Mann aus, der vorsichtig und doch nicht besonders diskret die Gedanken der philosophischen Koryphäe zum Alter und zum Tod, abzuringen versuchte und, was Kipper am wichtigsten war, zu Gott, Gott im Zusammenhang mit dem Tod. Er mußte unbedingt die Worte des verschmitzt und doch würdig-hoheitsvoll blickenden, mit Bedacht formulierenden Greises mit hinüber in seine Tagesbilanz retten, die er sich immer vor dem Einschlafen verordnete. Mit den

Bildern von den Heruntergekommenen, die wahrscheinlich die ganze übrige Nacht in der Fußgängerzone verbrächten, bekäme er wieder Schwierigkeiten, wenn er sich selber, sich, Kipper, als Zentrum der Welt fühlen würde. Und doch, so würde es ihm ergehen, welche Katastrophen auch auf dem Globus diese Menschenunmassen wie ziellos krabbelnde Käfer, von Springfluten, Erdbeben, Kriegen, Überschwemmungen, Taifunen heimgesucht, um ihr bißchen Leben zappeln und strampeln ließen, das einzige, das sie hatten, dieses bißchen Leben. Und er, Kipper, kam vom Eindruck nicht los, inmitten all der Aufgeregtheiten und Überlebenskämpfe und immer weiter hervorblubbernden Generationen – überall diese Unmengen neuer Babys, nicht zu fassen – im Zentrum des unglückseligen Geschehens, herausgenommen von Gott, befände sich er, eine eigentlich unwichtige Figur, von Außenstehenden betrachtet, international nicht bekannt, und trotzdem, bei Gott eine Hauptfigur. Ob das jedem Menschen so ging? Fühlte er sich deshalb auf Partys, wenn es eng wurde, so unbehaglich? Weil dieses Aura-Gewimmel all der eingebildeten und wirklichen Hauptpersonen ihn an den Rand drängte, so daß er nicht mehr sicher war, daß Gott ihn in diesem Durcheinander im Auge behielt? Und er zur Nebenfigur schrumpfte, ein Statist, ein Abfall, Müll, wie sie eigentlich alle? Kipper überlegte. Woher hatte er die Sache mit dem Abfall – aber es war doch besser aufzupassen, denn der mittelältliche und vielleicht doch noch jüngere Mann ließ jetzt, auf seine scheue Art penetrant, nicht locker, unternahm einen zweiten Vorstoß mit der Frage: Glauben Sie an Gott? Zuvor wollte er wissen, ob der gescheite Greis Angst vor dem Tod habe, ebenfalls sehr spannend, ja existentiell bedeutend für Kipper, und er hatte erfahren müssen, der Gedanke an den

Tod sei nicht gerade sehr angenehm, aber Angst, nein, eigentlich Angst habe er nicht. Und was für einen Menschen von über neunzig Jahren überhaupt das Alter sei? Der ungewiß alte, aber in diesem Gespann entschieden sehr viel jüngere Mann bekannte, er sei so um die Fünfzig rum. Und für ihn sei das Alter sechzig, siebzig. Der über Neunzigjährige lächelte und wich in die Auskunft aus, er empfinde das Alter als Möglichkeit, vor allem als Möglichkeit zur Distanz. Er könne nun so vieles, im Grunde alles gelten lassen. Er war so gerecht hinzuzufügen, dies sei ihm möglich, weil er nicht durch Gebrechlichkeit, Krankheit, Schlimmeres: Siechtum und so weiter beeinträchtigt sei. Zurück zu Ihrem Glauben. Zu Gott und Ihnen persönlich. Nur ein verblendeter Mensch … begann der Philosoph, verdammt, sagte Kipper laut und schwenkte seine Beine vom Glastisch, erhob sich aus seinem Sessel, weil, verdammt noch mal, das Telefon geklingelt hatte. Wer außer dem Veranstalter und natürlich seiner Frau wußte, in welchem Hotel er abgestiegen war?

Er nahm ab und hörte sofort Tinkas übliches *Ich bins*, das immer wie eine Existenzberechtigung klang und in dessen Gefolge kleine Lachglucker sich Zeit nahmen, Kipper mußte an Brautjungfern denken, die der Ich-bins-Hauptdarstellerin die Schleppe trugen. Tinka fand immer seine Hotels heraus. Sie suchte bei denen, die obenan im Hotelführer standen. Seine Reiseziele, daran war er selber schuld, nannte er ihr aus Angeberei.

Zum Glück kam es Tinka weniger auf Dialoge an, hauptsächlich wollte sie selber plaudern, kurze Kommentare zum Erzählstoff genügten ihr, und Kipper versuchte, das Gespräch am Bildschirm trotz Tinkas taubenhaft kollernder Stimme am Ohr mitzukriegen. Es blieb aber doch ein verdammter Verlust, daß er verpaßt hatte, wie es nach des Philosophen Satzanfang *Nur ein verblendeter Mensch* weitergegangen war. Läßt sich die Möglichkeit des Glaubens entgehen: dem Sinn nach war es so weitergegangen mit dem Satz. Aber mit *Gott* drin, verfluchtes Pech, Kipper ärgerte sich über irgendein Detail aus den mäßig amüsanten Banalitäten, die Tinka ihm vorschwatzte. Es lief doch bestimmt darauf hinaus: Der gewaltig kluge, belesene, mit seinem Wissen wie von einer Lebensversicherung bis zu seinem Ende ein für allemal versorgte Philosoph glaubte an Gott. Entweder hing das mit den Hunderten von gehaltenen Vorlesungen zusammen und mit den vielen Büchern und Essays, die er geschrieben hatte, oder er sagte einfach ungern *ich*, wie auch immer, er blieb dabei, seine Antworten gab er umwunden. Das Jenseits? wollten der leberkranke, emotionslos-schülerhaft fragende Interviewer und der aufgeregte Kipper wissen. Was machst du eigentlich gerade, wollte Tinka von Kipper wissen. Zuhören, sagte er wahrheitsgemäß. Getrost erzählte Tinka weiter, sie war beim Musical-Erfolg ihrer älteren Tochter, dreizehn oder fünfzehn, Kipper konnte das nicht behalten, und mußte erfahren, daß sie über alle andern aus ihrer Laientruppe dominiert habe, während der Philosoph sich statt einer lapidaren Aussage über sich und *sein* Jenseits, wahrscheinlich wiederum aus der Gewohnheit zu lehren, auf Platons *Phaidon* und den *Tod des Sokrates* bezog und lange Sätze frei zitierte, aber auch hierbei lief alle wissenschaftliche und kundige Ausführlichkeit doch darauf hinaus: Der Philosoph rechnete mit dem Jenseits.

Ich hab nicht den Eindruck, daß du mir wirklich zuhörst, sagte Tinka. Du bist mit deinen Gedanken woanders. Ihr Taubenlachen bewies Kipper, daß sie ihm nicht böse war.

Außer daß er Tinka ein wenig überhatte – erstens waren sie zu schnell miteinander intim geworden, zweitens hatte es nach der Premiere schon zu viele Aufführungen gegeben, die interessanteste, bei Tinka aber zu kurze Zeit der Eroberung lag bereits fünf Jahre zurück –, außer diesem Spannungsverlust, der die Verbindung ziemlich eheähnlich machte, rangierte Tinka in Kippers Fundus an Freundinnen insofern auf dem obersten Rang, als sie die einzige war, die nichts übelnahm. Oder doch nie für lang. Schnell zu trösten, niemals nachtragend.

Ich dachte ans Jenseits, sagte Kipper.

Oh, gut! Tinka lachte in der romantisch gurgelnden Version aus ihrem Repertoire, und Kipper sah sie in einem ihrer minimalen Nachthemdchen vor sich, die sie *Springer* nannte, und er dachte liebevoll an ihre gutmütigen breiten Hüften und das weiße Fleisch ihrer Schenkel, gutmütige Schenkel, die sich beim Sitzen und Liegen platt ausdehnten. Bin ich bei dir? Im Jenseits? Hast du an so was gedacht? Tinka lachte wieder.

Kipper fragte sich: Bin ich aus Höflichkeit feige oder aus Feigheit höflich, und sagte: Kann schon sein.

Sei nicht so ungenau, ermahnte ihn Tinka. Vergiß nicht, daß ich mich wahrscheinlich demnächst in diesen Jungen verliebe.

Einer ihrer Gesangsschüler machte ihr den Hof. Wie alle Frauen war Tinka für diese Form der Bestärkung im Gefühl, jemand Herausragendes zu sein, anfällig. Verliebtheit, fast egal von wem, auf die eigene Person gerichtet, überholte jede andere Möglichkeit der Anerkennung. Tinka würde auch für diesen Burschen, umwarb er sie nur einfallsreich und gründlich genug, wie eine überreife Frucht, platsch, von ihrem Ast fallen. Kipper hatte überhaupt nicht erst wirklich geschüttelt. Sie besaß keinen Instinkt für die beste Zeit im Zustand des Verliebtseins. Für das Vor und Zurück, das Erobern und die Abwehr. Fallobst, liebe, gutmütig beschenkelte Tinka. Kipper dachte an Riki, die schwer abzupflücken gewesen und immer noch eine harte Nuß war.

Ich wollte eigentlich mit ein paar ernsthaften Gedanken diesen miesen Tag beenden, sagte er. Das Gespräch auf dem Bildschirm war zu Ende, und eine schöne schlanke Frau mit unglaublich viel Haar stieg in ein großes amerikanisches Auto, offenbar hatte sie Sorgen und käme irgendwohin in letzter Minute. Kipper griff nach der Fernbedienung und drückte den AUS-Knopf, er bekam noch mit, wie die schöne Frau Treppen zu einem großen Gebäude hinaufeilte, und sie schüttelte ihre Haare zurecht unter dem Portal mit der Aufschrift *Municipal Government*.

Mit was für ernsthaften Gedanken? Tinka hörte sich diesmal etwas eingeschnappt an. Und wieso wars ein mieser Tag?

Beruflich, mies, die Veranstaltung mit den Bürgern, nichts als Zeit- und Nervenvergeudung. Aber mit Pascals Verachtung für die Ungläubigen läßt sich einschlafen. Kipper knipste das Licht neben seinem wundervoll geräumigen Bett an und genoß das transportable Telefon, empfand sich als Darsteller in einem Film. Und nach dem Quatsch mit den schwachsinnigen Bürgern bin ich durch die Fußgängerzone gelaufen, meine liebe Tinka, wenn wir nicht ab und zu nachts in Großstädten auf die Straße gehen und uns umschauen, haben wir keine Ahnung von unserer wahren Wirklichkeit.

Gibts mehrere Wirklichkeiten?

Ich meine, deine und meine Wirklichkeit, das ist bei weitem nicht alles, was es gibt. Während wir gut aufbewahrt miteinander telefonieren, streunen draußen die Nachtschattengestalten herum. Da kriegst du was zu sehen.

Kipper merkte, wie Tinkas Aufmerksamkeit erschlaffte, und er selber hatte keine Lust, länger zu telefonieren. Als sie gähnte, gähnte er erst recht. Wer schließlich war bei wem als Störenfried eingebrochen? Du willst jetzt sicher dein Luxusbad genießen, ich kenn dich doch, sagte Tinka, und weil sie die einzige Frau seines Lebens war, die nichts übelnahm, wenigstens nicht auf die Dauer, dankte er ihr dafür, wie endlich endlich einfühlsam, *hat ein bißchen lang gedauert*, sie ihm die Freiheit seiner Isolation zurückgab.

Es ist diese Gleichzeitigkeit, die mir zu schaffen macht. Kipper lag im Bett und wollte Erheblich-Emporhebendes denken.

Ich hier in einem Fünf-Sterne-Bett – aber immerhin, sie werden morgen gesalzen bei mir abkassieren – und draußen die Streuner, die Süchtigen, die potentiellen Kriminellen, die harmlosen Berber und Besoffenen, die Aidskranken mit ihren großäugigen Affenköpfchen, mit Gesichtern wie aus dem beschichteten Glas von Glühbirnen, und wer weiß was noch für nächtliche Herumlungernde, kein Dach überm Kopf, kein Bett, und wenn sie ein Bett haben, dann stelle ichs mir widerlicher vor als ihre Bank auf der Straße ... all der Abfall, dieser schreckliche Müll ...

Seine Transmitter spielten von da an verrückt, sein Gehirn produzierte einen Kurzschluß nach dem andern, und er merkte, daß er bald einschlafen mußte, und murmelte dagegen gerade noch an: Gott, wir alle sind Müll, elender Abfall, auch Pascal, auch der zuversichtliche Philosoph von vorhin auf dem Bildschirm, auch ich – wir *wären* es, nichts weiter als Abfall, wenn nicht du uns ... Was wars, das Gott mit dem Abfall Mensch machen würde? Er hatte es am Nachmittag bei einem amerikanischen Schriftsteller gelesen und kam jetzt nicht drauf und fing an, sich darüber zu ärgern, es ärgerte ihn auch, daß er vom Ärgern wieder wach wurde, und ich hätte es nicht vergessen, dachte er, wenn nicht diese schwachköpfige Viererclique, sicher Urlauber, im Großraumwagen mit ihrem blöden angeberischen Geschwätz der Männer und dem albernen Beifallgegacker der Frauen mir auf die Nerven gegangen wären. Er wollte ruhig werden und wiederholte sich. Er und Pascal und der Aidskranke in seinem Rollstuhl, ein greisenhafter Embryo mit kahlem Kopf und halbhochgehobenen dürren Unterärmchen, von denen die Hände herunterbaumelten, und der dreiundneunzigjährige, von sämtlichen Übeln des Erdenlebens verschonte Philosoph, wir wären Abfall, aber Gott macht aus uns ... er war dicht dran, und sein Denken schlitterte vom Ziel weg, weil diesmal diese dämliche und doch rettende Kreatürlichkeit – nicht zu vergessen: 20 Milligramm Noxil – wirkten und er einschlief. Ein paar Sekunden lang konnte er noch das sanfte Hin und Her seiner Beine auf dem glatten Bettlaken mit einem *Danke lieber Gott* genießen, dann schlief er ein.

Mit dem Niedergang am nächsten Morgen hatte er gerechnet, er kannte das. Erhobenheit an einem Vorabend führte immer in die Tiefen von Nervosität und Unbehagen, grundsätzlicher Disharmonie, die seine Existenz einschloß, und er saß in der Falle. Kein Weg führte heraus, und er mußte den Heimweg antreten, zurück in die Familie. Aus der Euphorie mit einem Nonstoplift runter in die Dysphorie. Er hatte nicht viel getrunken und fühlte sich doch wie bei einer Alkoholvergiftung. Er wußte es beim Aufwachen, obwohl es ihm da noch einigermaßen gutging und er im Bewußtsein des Luxushotelgasts beim Etagenservice eine Doppelportion Kaffee bestellte. *Bitte in einer Thermoskanne. Und so bald wie möglich. Danke.* Er brachte ein weltmännisches kurzes Lachen hin, dachte aber bereits mißmutig an das Trinkgeld für den Kellner mit dem idiotisch unförmigen Tablett für bloß eine Kanne und eine Tasse. Es ging steil bergab. Der Abschied vom eleganten Zimmer stand bevor. Obwohl er sich die Verlorenen und Verkommenen aus der Fußgängerzone vorknöpfte, durch die er in der Nacht als Fremdling spaziert war, den Aidskranken, um den er einen Bogen gemacht hatte, nein zwei Bogen, neugierig hingeschaut mehrmals, die Bettler, denen er nichts gegeben hatte, die Süchtigen und auch die zwei biederen Schwäbinnen um die Fünfzig, die da in festem Schuhwerk und braven Sommerkleidern beherzt hindurchgeschritten waren, wahrscheinlich über den Vortrag oder über das Konzert redeten, die in jedem Fall kultivierte Veranstaltung, die sie besucht hatten, oder über ihre Einkäufe am nächsten Vormittag – kein Eindruck, der gestern so stark gewesen war, löste nun noch die geringste Stimmung in ihm aus, die Ärmsten regten kein Dankgefühl mehr an, die ordentlichen Bürger konnte er nicht leiden, eigentlich konnte er sie alle nicht leiden, er begriff sie einfach nicht, das wars, er gehörte nirgendwo dazu, er wurde, verflucht noch mal, zu Haus erwartet. Ich brauchte eine vierwöchige Klausur in einem Hotel wie diesem, dachte er auch nur mehr zweifelnd, denn nach vier Wochen wäre das ihm zugeteilte Leben überhaupt nicht mehr auszuhalten.

Hätte er sich bloß nicht die Haare gekämmt! Vom Schlaf zerzaust wie vorhin sah es nach viel da oben aus, Scheiße. Sein Elend konnte mit dem eines jeden Heruntergekommenen aus der Nacht konkurrieren, das Elend nach der Art des Kipper. Die scharfen Lämpchen oberhalb des Spiegels mogelten seinen Haarausfall nicht weg, gnadenlos gingen sie auch mit den traubenförmigen Bäckchen rechts und links der Mundwinkel um, aber Kipper wußte, die hatte er nur manchmal. Und noch immer Freundinnen, Riki, die harte Nuß. Tinka mit den gutmütigen Schenkeln, dann die andern, die jetzt etwas in die Ferne gerückt nicht in seiner Registratur vorkamen.

Das Telefon. Er hatte vorhin freundlich und weltmännisch um die Vorbereitung seiner Rechnung gebeten, und jetzt wollte vielleicht eine von den fast beängstigend attraktiven jungen Damen an der Rezeption eine Rückfrage stellen.

Ja? Zimmer 460? Kipper prüfte sich etwas beschämt – es handelte sich um eine sehr kurze, eigentlich überflüssige Prüfung, denn er wußte es auch so – und mußte sich eingestehen, mit jungen Frauen dieses Schönheitsgrads und dieser Eleganz des Benehmens und Bescheidwissens, wie sie dort unten hinter dem langen Pult der Rezeption geschickt sich bewegten und mit Papieren und Computern hantierten, mit solchen Überwesen des gehobenen Hotelalltags würde er sich niemals einlassen. Er war gerade gut genug für die Tinkas und Rikis und Annegrets und Lydias und für seine Frau, sympathische und gewiß auch nicht zu verachtende, auch ansehnliche Frauen, denen er aber als der Überlegene gewissermaßen vorstand.

Hallo?
Guten Morgen, Herr Kippmann, ein Gespräch für Sie.
Danke.
Weg mit dem blöde geschmeichelten Grinsen, die Schö-

ne da unten sieht es ja doch nicht. Doch nicht wieder Tinka? Nicht jemand von gestern abend? Der ihn, weil er bei der albernen Diskussion als Star brilliert hatte, kampfeslustig und an den richtigen Stellen arrogant, für einen nächsten Auftritt engagieren wollte?

So rumorte es noch immer schimpfend in seinem Kopf, während er längst keiner anderen Person zuhörte als seiner Frau. Seine eigene Elvira Kippmann-Oberbaum. Seit sie nach ein paar Kursen als Sozialtherapeutin den in Kippers Augen nicht vielversprechenden *Dialog* mit jugendlichen Strafgefangenen führte – so nannte sie das, alternativ dazu *ich arbeite mit Knastis* –, zog sie ihren Mädchennamen wie ein Beiboot hinter der Fregatte *verheiratete Frau* her.

Um eine nette Morgenbegrüßung scherte sie sich nicht. Sie fing sofort zu zetern an. Trotz all ihrer Kurse, auch Psychologie hatte sie sich begierig eingeflößt, *das ist Nektar, Kipper-Schatz, es ist das Eigentliche*, mit ihrem Mann ging sie, da war er ziemlich sicher, unsanfter um als mit ihren Häftlingen, ihm gegenüber schwand alles Erlernte und Hochverehrte aus ihren Reaktionen.

Wo hast du gestern nacht gesteckt? Ich rief um halb elf an, um elf, noch mal um halb zwölf, und von da an warst du zwar im Hotel, aber bei dir war dauernd besetzt. Ewig lang besetzt. Dann hatte ich die Nase voll.

Konnte ich ahnen, daß du mir nett Gute Nacht sagen wolltest? Das tust du sonst auch nie.

Werd nicht spitz, Kipper. Ich wollte dir nicht einfach nett Gute Nacht sagen.

Falls du mir neuerdings nachspionierst: Ich bin noch in der Stadt rumgelaufen. Kipper sah das Affenköpfchen des Aidskranken vor sich und die zwei stramm diese nächtliche

Wüste der Verkommenen durchschreitenden braven Schwäbinnen in ihren festen Schuhen und den ordentlichen Sommerkleidern. Unverständliche Gleichzeitigkeiten, Elvira, die man da nachts in einer Großstadt erkennt, und in der wir dauernd leben, sagte er versöhnlich.

Was du nicht sagst. Kippers Frau ließ sich aus ihrer ehelichen Antipathie nicht herauslocken, denn die Antipathie war jetzt dran, Verdacht ebenfalls, und das mußte ausgefochten werden.

Um halb elf, sagst du, hast du mich angerufen? Kipper lachte. Normalerweise sitze ich um diese Zeit noch mit ein paar andern in irgendeiner Kneipe, das weißt du doch. Nur diesmal brauchte ich Bewegung.

So so, Bewegung. Du brauchtest *Bewegung*. Ein nicht wirklich unpassendes Wort dafür.

Aha, seine Frau hielt es für ausgemacht, daß er sich mit einer Frau amüsiert hatte.

Während wir uns hier sinnlos zanken und du dich nicht von dem Quatsch an Hirngespinsten trennen willst, ersaufen andere Leute bei irgendeiner Überschwemmungskatastrophe. Kipper seufzte melodramatisch. Gleichzeitigkeiten, mal wieder. Elvira, ich hab dann im Fernsehen noch eine großartige Sendung mitgekriegt, leider nur den Schluß, es ging um Tod und Alter und Gott ...

Du hast telefoniert, endlos telefoniert.

Sieh doch im Programm nach, es war der berühmte alte Philosoph, der Professor ...

Sag lieber nichts. Ich will weder Lügen hören noch die Wahrheit.

Kipper stellte sich seine Frau vor, voll Einfühlungsgier leicht vornüber zu einem dieser kriminellen Burschen gebeugt, sanft in ihn dringend: *Ist das die Wahrheit? Ist es nicht doch wieder gelogen, mein Lieber? Haben Sie doch Vertrauen zu mir.*

Zu ihm sagte sie jetzt: Ich wollte einen Termin mit dir abklopfen, den vierzehnten September, in Bernds Auftrag. Aber du warst ja, nach der *Bewegung*, die du gebraucht hast, mit dem verbalen Teil der Sache beschäftigt. Du kannsts nun mal nicht lassen. Telefonflirts und Drastischeres.

Ich hatte den Hörer abgenommen. Ich wollte bei diesem Gedankenaustausch zwischen dem berühmten gescheiten Alten und seinem jüngeren Fragesteller nicht gestört werden.

Gestört? Daß ich nicht lache. Von wem denn, Kipper, erzähl mir nichts.

Warum fragst du dann? Du fragst doch dauernd, wo ich war und warum bei mir besetzt war.

Damit du siehst, daß du mich nicht wie eine Provinzdeppe behandeln kannst. Du kannst mit mir als Dummchen nicht rechnen. Und wenn du mir noch ein einziges Märchen auftischst von Tod und Alter und Gott und werweißwas Höherem, womit du deinen Abend angeblich verbracht hast, nur noch ein einziges Märchen dieser Art, dann, Kipper, dann trifft mich der Schlag, aber wirklich.

Versprich nicht, was du nicht halten kannst. Kipper fand sich scharf und genoß es, obwohl dieser alberne Schlagabtausch ihn anwiderte. Immer diese leeren Versprechungen, sagte er in gelangweiltem Ton, der ihm trotz seiner aufgeregten Gemütsverfassung gelungen war, aber da hatte sie schon aufgelegt.

Eigentlich macht ihr Krakeelen die Rückkehr leichter, stellte er fest. Erspart jegliche Verstellungsartistik. Ich kann so übellaunig nach Haus kommen, wie ichs bin.

Zum Essen hatte sie nichts vorbereitet. Sie fand statt dessen bei ihren eingesperrten Lieblingen den Trost ihrer sozialpädagogischen Wichtigtuerei, hörte sich Lebensbeichten an und gab ihren belehrenden, rehabilitierenden und verständnistriefenden Senf dazu, ihr in Kursen angelerntes Versöhnlichkeitsgesäusel. Von Natur aus war sie ganz und gar nicht mit dem Instinkt für Gnade ausgestattet. Abends trafen Kipper und seine Frau sich wie erratische Gestalten, die sich zum letzten Mal in der Eiszeit begegnet waren, Kipper empfand ein frostiges eiszeitliches Schweigen, das er zum Abtauen bringen mußte, als er sagte: Ich stimme dir zu, wir sind Provinzler. Auch ich bin ein Provinzler.

Wann habe ich gesagt, ich sei provinziell? Elvira riß eine Dose Chili con carne auf.

Du hasts am Telefon gesagt.

Ich hab gesagt, ich bins nicht. Keine Provinz-Klein-Doofi.

Geh nachts in einer Großstadt durch die Straßen und du merkst, wie wenig wir vom *ganzen* Leben wissen.

Ich werd wohl genug davon wissen, was meinst du, womit ich in der Jugendstrafanstalt konfrontiert werde, wieviel ich unaufhörlich lerne …

Das Chili con carne schmatzte und röchelte in seinem Topf beim Heißwerden, als wolle es sich am Gespräch beteiligen.

Aber du hast sie nie in Aktion gesehen, du siehst deine Kriminellen nicht, solang sie sich noch nachts in den Straßen rumdrücken. Und ich als Politiker, ich muß das wirklich von Zeit zu Zeit mitkriegen.

Na schön, du brauchtest *Bewegung*.

Kipper verließ die Küche. Anscheinend wollte Elvira aber für den Rest des Tages Frieden schließen, denn beim Essen sagte sie beinah sanft: Du hast doch deinen Wahlkreis.

Ihr Gesicht sah aus wie eine Nuß. Flüchtiger Gedanke an die kleine Nuß Riki, die im Gegensatz zur Fallobst-Tinka so fest an ihr Geäst geknotet schien. Wenn ich es fertigbrächte, dachte Kipper, diese Nuß Elvira zu knacken, fände ich verhutzeltes Material im Innern der Schale. Komisch, er, als der Ehemann, er fände dieses ungenießbare Zeug. Andere erlebten seine eigene Frau als anregend, gefühlsbetont, voll des menschendienenden Eifers. Er überwand sich, wollte aufstehen, Elviras Schultern umfassen, wirklich, er tat es.

Was ist denn mit dir los? Bist du übergeschnappt? Elvira entwand sich, und Kipper setzte sich wieder auf seinen Stuhl, stocherte im violetten Chili con carne.

Kipper, ich lasse mir nicht von dir irgendwelche gräßlichen Viren anhängen. Das mußt du verstehen. Du gehst deiner Wege, nun gut. Du hast Freundinnen, über die mir nichts bekannt ist. Außer, daß sie ziemlich *nachgiebig* sein müssen. Du verstehst das, das sind keine gemütlichen Zeiten mehr für die Polygamisten.

Kipper gedachte der gutbürgerlichen hausfraulichen Frauen, die er von Zeit zu Zeit in die Arme nahm. Aber aus ihrer Sicht hatte Elvira recht. Wenn Gott nicht wäre, und Engel aus uns machte – das wars, was er gelesen hatte. Engel aus dem Abfall. Wie der Phoenix aus der Asche. Wir sind allesamt Müll, Elvira, ich, Tinka, der Aidskranke in seinem Rollstuhl, die bezaubernd schönen Elfen hinterm Rezeptionspult im Hotel, Müll und Abfall, aber Gott ... und so weiter. Und außerdem muß die Vernunft wissen, wann sie sich dem Herzen zu unterwerfen hat, dachte Kipper, als der zukünftige Engel Elvira, zur Zeit noch Abfall und eine ganz ganz harte und dumme Nuß, die Wohnungstür hinter sich zuknallte. Unterwirf dich, blöde Vernunft. Na los, steinhartes Herz, nun mach schon mit.

Die allerkleinste Infektion

... aber die Frau, die mir alles über die Narkose erklärt hat, die wars doch ganz von selbst, ich hab nicht davon angefangen.

Robi hörte sich an, als berichte er von einem Erfolg beim Basketball oder in Geographie, und sie unterbrach die eifrige zuversichtliche Stimme, zwischen ihren Rippen war nicht mehr genug Platz für ihr Herz, sie korrigierte: Du meinst: Anästhesistin.

Ja, okay, genau die, und sie hats wirklich gesagt. Robi rechnete damit, daß seine Mutter sich mindestens so darüber freute wie er. Sie schämte sich, als sie zuerst *wunderbar wärs ja* und dann aber sagte: Es kommt mir trotzdem immer noch komisch vor. Der Professor und der Doktor haben nichts Derartiges angekündigt.

Aber sie, sie hats.

Was genau hat sie gesagt?

Na ja, Mami, Robi wurde mit einer gönnerhaften Nachsicht für diese ewig Probleme in alles reinbringenden Erwachsenen ungeduldig, aber er war noch guter Dinge, hatte, seit feststand, daß sein Blinddarm rausmußte (ganz fest stand nicht, ob er davon dieses Bauchweh hatte, aber ein rausgenommener Blinddarm konnte nie schaden), nicht mehr so aufgekratzt geklungen: Du fährst sicher übers Wochenende noch mal nach Haus. Genauso hat sies gesagt.

Und daß Samstag/Sonntag hier doch nichts passiert. Sie haben jetzt alle Untersuchungen gemacht, und ob der Papi oder du mich abholst.

Der Papi ist beim Kongreß. Lahm, ratlos brachte sie heraus, was für Robi keine Neuigkeit war. Einfach um Zeit zu gewinnen. Und dann noch: Du mogelst doch nicht, Robi?

Er versicherte ihr, das tue er nicht.

Hast du auch mit Doktor Wedel oder dem Prof. drüber gesprochen? Sie wußte es, er hatte von Anfang an nicht gemogelt. Robi war nicht kindisch, bei so etwas würde er nicht mogeln.

Robi hatte beide Ärzte, seit die Mami ihn in der Uni-Klinik zurückgelassen hatte, gar nicht mehr zu Gesicht bekommen.

Sie ärgerte sich, daß sie vorhin nicht von der Couch aufgestanden und zum transportablen Telefon rübergegangen war, sie würde lieber werweißwo mit dem guten arglosen kleinen Kerl reden als hier, wenns sein mußte auf dem Klo. Sie wollte mit Robi allein sein. Es gibt verdammt indiskrete Menschen, oder Menschen ohne Einfühlung. Menschen, die denken, na, wenns nur ihr Sohn ist, werd ich schon nichts Intimes stören. Dies hier war extrem intim.

Robi, da ist die Infektionsgefahr. Du erinnerst dich doch, als Tante Mia operiert wurde, sie wurde nicht mal richtig operiert, es war bloß diese Herzkathetergeschichte, du weißts doch noch, es hat dich interessiert, was sie mit ihr machen ...

Robi erinnerte sich, jetzt ohne Neugier.

Na schön, und trotzdem hieß es, sie dürfe nicht, falls sie mit dem Ballonkatheter in ihre Gefäße reinmüßten, noch mal nach Haus, wegen der Infektionsgefahr. Die allerkleinste Infektion und sie würden die ganze Geschichte um mindestens vier Wochen verschieben.

Ein Bauch ist doch kein Herz, Mam! Stell dir vor, was wir zwei Tage lang machen könnten!

Ja, wäre prima, aber ich muß einen klaren Kopf behalten. Und ich denke, ich werde am besten deinen Vater fragen, er wirds wissen.

Papi ist bloß Hautarzt. Robi hörte sich an, als verspreche er sich von einem solchen Gespräch nichts Gutes. Außerdem ist er doch auf dem Kongreß.

Er kommt früher zurück. Vorhin hat er angerufen. Schon gegen zwei heute ist er wieder da. Sie wunderte sich erschrocken über ihr geläufiges Lügen. Es erinnerte sie an die Abende, wenn sie die tückische Nummer dreizehn beim Czerny glatt runterspielen konnte. Nicht einmal vorher irgendwas überlegt hatte sie, die falsche Behauptung war einfach so aus ihr rausgeflutscht. Wirklich ziemlich furchtbar, und, erstaunlich, plötzlich noch furchtbarer, ja ekelmachend, der leise geschmatzte küßchenartige Applaus neben ihr auf der Couch. Wie um einen Verrat an Robi wettzumachen, schubste sie geradezu grob Marks Hand von ihrem rechten Knie weg, und zu Robi, der ihr dort in fünfunddreißig Kilometer Entfernung mit einem Rest von vergnügter Erwartung lauernd vorkam, sagte sie im freundschaftlich-saloppen Mami-ist-ein-Kumpel-Ton: Wenns dein Vater nicht weiter riskant findet, machen wirs. Gut? Ich ruf dich wieder an.

Aber Mami, es geht doch auch so, ich meine, du kannst zu mir kommen. Robi war wirklich ein bißchen penetrant.

Hast du nichts mehr zu lesen? Sie lachte künstlich. Das kann ja wohl nicht wahr sein.

Robi hatte noch Lesestoff, aber die Comics absolviert,

und alles andere lockte ihn nicht besonders, und er ginge viel lieber wie am Tag seiner Einlieferung mit ihr, mit oder ohne den Papi, besser vielleicht ohne, rüber in den Park oder in die Cafeteria, und schon schlug er das vor, Eisessen, und die Narkose-Frau hätte was gesagt von anderen Keimen draußen in der Stadt, die er einatmen sollte, damit er nicht nur die vom Klinik-Gelände intus hätte.

Die tun ja so, als wäre eine Blinddarm-Operation eine Riesensache. Du, Schatz, ich glaub, sie wills spannend für dich machen.

Ach, Mami! Jetzt fing bei Robi das Verzagen an. Ungeduld und etwas Quengelig-Enttäuschtes erreichten ihr erfahrenes Gehör, von wo aus sie in ihr Gemüt rutschten. *Komm doch einfach* tönte es darin, während Robi irgendwas von Sachen erzählte, die er ganz gut doch noch brauchen könnte, und dann paßte sie wieder auf, als er selbstbewußt erklärte, beim Autofahren hätte er sich noch nie erkältet und er sollte diese anderen Keime einatmen.

Aber dann hätten wir, wenn doch was passiert, noch mal das ganze Theater. Sie war unwillig, gereizt, nervös, beide Männer, der Zwölfjährige und der Einundvierzigjährige wünschte sie in diesem Moment in meilenweite Entfernung, wo der eine unhörbar und der andere unsichtbar – beide eigentlich überhaupt nicht vorhanden wären. Das ganze Theater noch mal vier Wochen später, das Taschepacken, der Abschied, fuhr sie fort und ärgerte sich über einen Zettel, den Mark ihr vor die Nase hielt. Sie fand ihn allmählich so interessant und anziehend wie einen Fahrkartenautomaten. Ein beliebiges Irgendwas hätte ebensoviel Macht über ihren Körper besessen wie er, gar keine. Mark rückte nicht einen Zentimeter von ihr weg. Er zerknautschte die hübsche Chenilledecke, biß auf seinem Pfeifenstiel herum, und während sie seine Druckbuchstaben las *Wir haben nur diese paar Tage!*, verteidigte Robi sein gutes Recht auf Selbstdisziplin: Keine Spur von Theater hatte er beim Abschied gemacht, sie sah sein tapferes, kleines, schlaues Gesicht vor sich und jetzt das Zimmer 203, die frische weiße Bettwäsche im Klinikbett, den Tisch und die zwei Stühle, einen für Robis Zimmergenossen, einen Mann im Halbschlaf von unbestimmtem Alter, und einen für Robi, und auf dem Tisch seine Sachen, Bücher, Schoko-Riegel, aber von denen zu wenige, der Verschlag mit dem Waschbecken dicht neben dem Bett vom Halbschlafmann, Robi würde sich genieren, den Blick aus dem Fenster auf das fünfstöckige Nachbargebäude, eine schlecht belaubte Baumkrone dazwischen. Robi würde sich zwei Tage lang mies fühlen. Die Schwestern hatten es alle schrecklich eilig, aber sonderbarerweise nur bei den Patienten, draußen in einer Ausbuchtung des Gangs auf Station B zwei hinter einem oval geformten tresenartigen Separée schwatzten sie am Telefon in Kroatisch oder Polnisch oder, dann auf deutsch, miteinander und hatten Zeit.

Wir telefonieren, Robi, ich muß einfach mit deinem Paps drüber reden, das verstehst du doch, sagte sie und las eine neue Botschaft von Mark, mit der er vor ihrer Nase rumwedelte: *Leider leider leider hab ich selber Schnupfen. Kleine Infektion.* Viele Ausrufezeichen. Sie fuchtelte den Zettel von sich weg, genauso wehrte man sich gegen eine Stechmücke.

Schatz, ich ruf gegen zwei an, tut mir total leid, aber …

Okay, Mam. Robis Stimme war fest, aber sie wußte, er war noch immer enttäuscht. Ihr kam es so vor, als hätte er etwas für sie beide Schwieriges durchschaut, denn was jetzt kam, war ihr entschieden überlegen, wie zu ihrem Trost und damit sie sich beruhigte ausgedacht: Ich werd weitermachen, Alaska abzuzeichnen.

O tu das, tolle Idee! Alaska ist ideal. Hat das nicht diese sehr zackige Küste und alle diese Archipele oder wie heißt das im Plural? Und Inseln?

Okay Mam. Prince of Wales- und Charlotte-Insel. Robi sprach geduldig mit ihr. Nicht er war der Patient. Sie wars, die man operieren würde.

Alaska ist ideal eiskalt, dort kriegt man sofort seine Infektion. Mark lachte, nachdem sie aufgelegt hatte. Aber warum hast du nicht gesagt, fällt mir gerade ein, ich selber krieg eine Erkältung. Er verstand nicht, warum sie seinen Einfall nicht benutzt hatte.

Als sie das kurz vor zwei tat, überfiel sie wieder das Verlangen, von ihren beiden Männern weit weg schweben zu können. Nirgendwo erreichbar, auch nicht für ihren dritten Mann, Robis Vater. Nach Alaska! Daß ich nicht vorhin dran gedacht habe, Robi, deine Mami hat wirklich einen kleinen Dachschaden. Sie fand ihr Lachen albern, vor allem aber gemein, absolut widerwärtig. Ich krieg nämlich garantiert einen Schnupfen, alle Anzeichen, Halskratzen und so ein Kribbeln oben in der Nase, du kennst das ja. In der Aufregung, daß wir das Wochenende zusammenhaben könnten, muß ichs irgendwie vergessen haben. Und den Papi verfrachtete sie vorsichtshalber zurück auf seinen Kongreß, aber telefoniert hätte sie mit ihm. Und er sagts auch, Robi. Die allerkleinste Infektion wäre wirklich saublöd für dich. Pech. Macht nichts, behauptete Robi dort im Zimmer 203 beim dösenden Mann, auf seinem Stuhl am Tisch mit dem Rücken zum Fenster. Ich bin jetzt schon beim Norton Sound. Ich muß mich konzentrieren.

Das ist gut. Halt die Ohren steif.

Na klar.

Sie versprach ihm das Abendtelefonat, und Robi nahm es gelassen, und nach dem Hin und Her von Machs gut/Machs besser war ihr schwindlig, und sie dachte, jetzt fühle ich mich wirklich krank. Oft wie aus dem Hinterhalt saugte die Empfindung sie aus, Robi mehr, als sie verstehen konnte, zu lieben und nie genug dafür zu tun.

Uff, machte Mark und streckte die Beine lang über den Teppich. Geschafft. Du bist eine prima Mutter. Er wollte sie von der Seite her umarmen, wälzte sich zu ihr rüber, aber rechtzeitig stand sie auf.

Pech, Mark.

Ich habs gerade gehört. Pech für den kleinen Robi.

Pech für den großen Mark. Sie hatte einen trockenen Mund mit Salzgeschmack drin, aus dem Zahnfleisch schien das Salz zu strömen, und sie fühlte sich sperrig, aber zum ersten Mal seit Robis Wochenend-Ideen und ihren Abfuhrstrategien stärkte sie eine klärende, selbständige Eingebung: Sie hätte die Macht zur Unabhängigkeit. Pech, aber ich habe diese Infektion wirklich.

Er oder ich? fragte Mark, der endlich irgendwas kapierte.

Weder noch. Sie stand jetzt am Tisch, auf dem die ungelesenen Zeitungen deponiert wurden. Es wunderte sie und sie schaute hin, als müsse sie sich vergewissern, aber sie hatte wirklich den Brieföffner in der Hand. Sie senkte ihn nach unten, und die Lederkappe rutschte vom Dolch.

Mach keinen Quatsch. Komm her, sei ein braves Mädchen. Mark meinte bestimmt nicht den Dolch, aber sein Gesicht sah vorsichtig und geblendet aus, und er kniff die Augen zusammen. Sei lieb.

Bin ich.

Wunderbar. Also ich. Mark traf Anstalten, sich aus der Couchmulde zu räkeln.

Nein, ich.

Mark hielt es für intelligent, sie zu küssen, und stand auf. Bist du noch zu retten?

Sie drehte sich weg und deutete mit dem Brieföffnerdolch auf die Tür. Soeben geschehen, sagte sie.

Immy's Extra

Es ist nicht viel los in der Bar, und die paar Männer reden wenig, manchmal lacht einer. Alles ist gedämpft, alle, denkt Mark, scheinen von einem Begräbnis zu kommen. Er schiebt sein leeres Glas schräg über den Tresen, streift mit dem Jakkenärmel über den Mund. Die Dämmerung zwischen den gelblichen Strahlen aus den Spots in der Holzdecke beruhigt ihn auch an diesem Spätnachmittag, auch Immys Geschäftigkeit bei der Arbeit. Sie ist immer in Bewegung. Er sieht ihr gern zu, sie stülpt Gläser in ein Becken mit Wasser, spült sie aus, poliert sie und hält sie dabei ins Licht, um zu prüfen, ob sie blank sind, und zwischendurch wischt sie über die Theke und die Zapfsäule und muß dauernd eine blonde Strähne hinters Ohr klemmen, bald links, bald rechts. Mit dem Schieber schnickt sie überschüssigen Schaum von Marks zweitem Bier und rückt es in seine Nähe. Er nimmt immer zwei, wenn er vom Friedhof kommt, und danach einen Whisky. Sonst trinkt er manchmal mehr, aber keinen Whisky, manchmal weniger und auch wieder keinen Whisky.

Immy hat den Mann am anderen Ende des Tresens bedient und kommt jetzt zu ihm. Es gibt nichts zu wischen auf der Teakholz-Fläche zwischen ihr und Mark, aber sie wischt, als könnte sie nicht einfach so herumstehen. Der Chef ist nur selten da, er kümmert sich um sein anderes Lokal, ein Restaurant in der Innenstadt, aber ihm müßte Immy auch nichts beweisen, er weiß, was er an mir hat, sagt Immy Leuten, die das auch schon wissen, und es hört sich etwas bitter an. Und das soll es, damit es nicht zu stolz klingt.

War er wieder da? fragt Immy. Du bist spät, also war er sicher wieder da.

Mark sagt, daß sie recht hätte.

Ich war am Sonntag auch da, sagte Immy, aber er nicht. Ich war da, um deinen Stein anzusehen. Er ist ihr Geschmack, wirklich. Ganz natürlich, genauso wie sie es gern hatte. Als hätte kein Steinmetz dran rumgehauen, wirklich.

Ich weiß nicht, sagt Mark.

Glaubs mir, Mark, wirklich. Immy gönnt sich eine Zigarette, aber sie wischt.

Sie wollte ja nur ein Holzkreuz. Dann schimpft Mark wieder einmal auf die Verwaltung. Denen ist nichts heilig. Außer ihren Vorschriften, die sind ihnen heilig. Keiner schert sich um die Wünsche der Kunden.

Die Verwaltung erlaubt keine Holzkreuze als Dauerzustand. Immy hat oft zu beschwichtigen versucht: Vielleicht, weil die vermodern. Holz vermodert, oder? Trotzdem, der Stein hätte ihr gefallen. Ich weiß nicht, wie wichtig das alles ist. Was meinst du, Mark?

Mark weiß es auch nicht. Er weiß, *ihm* wird alles, was nach seinem Tod mit ihm gemacht wird, egal sein. Von wem auch? Er hat noch eine zwölf Jahre jüngere Schwester in Prinsington/North Dakota. Das ist so gut wie nirgends.

Ich war mit Clemens Rymers da, wir haben in der Gärtnerei Glück gehabt und diese speziellen Lilien gefunden, die sie gern hatte, nicht richtig weiß, nicht richtig gelb, irgendwie was dazwischen, irgendwie ein bißchen traurig und morbide, aber genau die hatte sie gern. Wir konnten sie nur gerade hinlegen, weil es dann mehr geregnet hat, und da wurde der Regen schon dicklich, ich meine, er ging in Schnee über.

Genau wie heute. Und dazu der Ostwind. Mark ruckt sich in seiner aufgeknöpften Jacke zurecht. Er spürt das Behagen in der warmen Bar. Die Bar ist ein Schutz, immer. Wenn der Mann nicht dagewesen wäre, hätte ich es nicht so lang ausgehalten.

Auf dem Friedhof finde ich es immer kälter als in den Straßen. Du bist sehr treu, Mark. Du bist nicht wie die andern, wie die meisten. Und sie, sie war es auch nicht. Immy poliert wieder die Kupferplatte unterhalb der beiden Zapfhähne. Sie hat seine Frau gekannt. Seine Frau kam oft mit in die Bar, meistens haben sie dann nicht auf den Barhockern am Tresen gesessen, sie saßen an einem der acht Tische und aßen Eier oder Pizza oder Pastrami. Hamburger auch, Marks Frau wollte *Immy's Extra:* mit Gouda statt Frikadelle, und sie wollte auch immer Salat. Marks Frau hat sich in ihrem letzten Jahr kaum mehr unter die Menschen gewagt, hierhin schon. Die Bar mit Immy war eine Ausnahme. Immy ist stolz darauf, anders stolz als auf ihr Ansehen beim Chef, ihre Vertrauenswürdigkeit als Herrscherin über die Bar. Sie sagt oft: Das verdammte Cortison, es hat sie aufgeschwemmt, und wie zart sie war, keine war graziöser. Und sie hätte Marks Frau immer um ihre Figur beneidet und daß sie drauflosessen konnte, ohne ein Gramm zuzunehmen, und um ihr dichtes strammes Haar, ehe es ihr büschelweise ausfiel. Wir alle haben sie drum beneidet, meine Freundinnen auch, aber sie konnte mit Komplimenten nichts anfangen, überhaupt war sie eine Einzelgängerin. Mark, ich kann dir nicht sagen, wie sehr ich diese verdammte Krankheit hasse. Mein Onkel ist dran gestorben, alle tun es, wenn du dich umhörst. Es ist, wie bei Jack Lemmon, er ist schon ziemlich alt in diesem Film und er kriegt die verdammte Diagnose, wie er dann im Kreis seiner Familie sagt, und nicht drauf hört, daß sie ihm gut zureden und er ein günstiges Stadium hätte, nein, er sagt: Alle sterben dran. Alle, die ich kannte, sind dran gestorben. So ungefähr sagt er es, und er stirbt auch dran, ich komme jetzt nicht auf den Titel des Films, er war wundervoll, ich meine Jack Lemmon, und es war auch ein sehr guter Film, kein Kitsch.

Mark kennt Immys Repertoire auswendig, es nützt ihm immer. Es entlastet ihn, wenn sie auf das Elend seiner Frau schimpft. Sie hat auch Tröstliches im Programm: Wenn du aber mal nach vorne schaust, Mark, dann kannst du mit ihr zusammen aufatmen: Sie hats geschafft! Ist alle diese Schikanen los, diese widerwärtigen Therapien und die Angst und das Bibbern um ihr Leben, alles. Alles, was wir noch vor uns haben, egal, wie es bei uns dann mal kommt, aber gestorben wird garantiert. Ich nehme nicht an, daß es ihr was ausmacht, ich meine, sie liegt in fremder Erde, aber sie hat mir gesagt, schon als Kind zog es mich nach Amerika, sie wollte auswandern.

Spielt sowieso keine Rolle, wo sie uns zum Schluß einbuddeln, sagte Mark.

Immy stimmte zu: Das ists nicht, worauf es ankommt.

Harry reibt sein nasses Haar mit einem großen Taschentuch ab, auf seiner Jacke zerschmilzt wäßriger Schnee.

Ich warte den siebenundsechziger nicht mehr ab, sagte er. Schon der Neuner war halb leer. Die Leute geben nichts mehr aus, und bei dem Wetter erst recht nicht. Ich frag mich, wie lang die Busse noch hier durchkommen.

Harrys Klagen sind bekannt. Der Laden läuft schlecht. Aber Immys Kunden dürfen ihre Beschwerden ewig wiederholen. Jeder sitzt festgefahren in seiner Lebensgeschichte, denkt sie, und woher sie nehmen, die neuen Themen? Ab und zu gibt es aktuellen Gesprächsstoff: Klatsch aus dem Bekanntenkreis, Gerüchte. Jemand kriegt ein Kind, und es darf gegrübelt werden, wer der Vater ist, jemand läßt sich scheiden oder heiratet, jemand wird arbeitslos, macht pleite, jemand wird sterben. Das sind kleine Abwechslungen, aber der eigene Sumpf, in dem man steckengeblieben ist, bleibt. Und keiner weiß, wie es dazu gekommen ist, jeder hat seine Theorie, rätselt an ihr herum.

Mark nicht. Ihm geht es beruflich gut, er weiß, wodurch sein Leben die Kehre zum Schlechten genommen hat, und Immy wiederholt es ihm, und er kann es nicht oft genug hören.

Harry, Mark sagt, der andere Mann war wieder da, Mark kam hier spät und ganz durchgefroren rein, berichtet Immy, und Harry bekommt sein Bier. Es ist nie sein erstes, wenn er seinen Kiosk dichtmacht und in die Bar kommt, er kann sich tagsüber selbst versorgen; er kommt, weil er Gesellschaft braucht. Mit oder ohne Kiosk, Immy weiß, das geht allen ihren Kunden so, auch Mark, aber der kommt hauptsächlich ihretwegen.

Hab ich euch gestört? fragt Harry. Er grinst, er erwartet keine Antwort. Immy wird sagen, ja, er hätte sie gestört, und sie wird es nicht so meinen. Wenn er Mark fragt: Warum gehst du immer wieder hin, es deprimiert dich doch bloß wieder?, wird Mark sagen, er würde gern hingehen und deprimiert wäre er so oder so und sicher noch mehr, wenn er nicht ginge. Oder er wird nichts sagen. Es ist nicht wichtig.

Man redet, das genügt, und Harry wird mit dem zweiten Bier zu einer anderen Gruppe abwandern, egal wohin. In der Bar ist es nicht langweilig, weiß Immy, das denkt auch Mark, er denkt: Oder die Langeweile fällt nicht auf, und das genügt abermals.

Dieser verdammte Tumor bei seiner Frau, das ist es, worüber wir geredet haben, sagt Immy zu Harry.

Verdammt, ja. Große Scheiße. Das Leben ist ein Scheiß-Spiel. Harry hat das bei seinen Eltern mitgemacht, den trostlosen Rollentausch beim Älterwerden. Seine Frau hat sich mit dem Siechtum seiner Eltern abgequält, und jetzt sind ihre an der Reihe.

Der Tumor hat sie immer tiefer runtergebracht, sagt Immy. Bestimmt auch seelisch, aber sie war so tapfer, wollte nicht drüber reden. Ihr Leben lang so dünn, und wenn du dann wabblig wirst und dich selbst im Spiegel nicht mehr erkennst, ich sags euch Männern, es ist für uns Frauen mit das Schlimmste, was passieren kann.

Ha! macht Harry, ihr könnt noch so sterbenskrank sein, ihr bleibt eitel bis zuletzt. Das Schlimmste ist der Tod, nicht, wie du dabei aussiehst. Hättest meine Alten erleben müssen, sie hatten ihre Zähne draußen und haben ihre Windeln vollgemacht, und denen war alles egal. Meine Alte sah wie ein Gespenst aus. Mein Vater sah aus, als hätte er in seinem ganzen Leben nur Quatsch gemacht, er sah wie ein Vollidiot aus. Harry kündigt an, er würde sich jetzt wohl besser verdrükken, damit die zwei ungestört weiterturteln könnten, aber er bleibt sitzen.

Bei Mark ists trotzdem schlimmer, sagt Immy, sie hatte jetzt drei Bier auf einmal in Arbeit. Ich meine, seine Frau war noch nicht alt genug für den Tod. Obwohl, sie hat es hinter sich. Harry, ich glaube nicht, daß der Tod das Schlimmste ist. Das Sterben, wie du einmal sterben wirst, das ists, das angst macht.

Mit mehr Bier würde ich Immy vielleicht fragen, ob sie fromm ist, denkt Mark beinah immer, wenn er sich mit Immy unterhält. Er fürchtet sich nicht vor der Frage, er fürchtet sich vor einer Enttäuschung. Aber Immy geht ja zur Lady's Wache in der Sylvesternacht und sonst auch oft in die Kirche, sie macht beim Bazar mit, fabriziert Weihnachtskerzen, die sie und andere Frauen zum Selbstkostenpreis verkaufen. Sie bedauert, daß sie für den Kirchenchor keine Zeit mehr hat, sie vermißt ein erhebendes Gefühl, wenn der Gesang anschwillt. Die Männer der Gemeinde sind weniger tüchtig als die Frauen. Eines Tages wird Mark Immy fragen: Was meinst du, passiert nach dem Tod noch was mit uns? Im Jenseits oder so? Er hat sie einmal gefragt: Was meinst du, kriegt sie das immer noch weiter mit, was mit mir hier unten ist? Er hat dabei an sein Friedhofsritual gedacht, Immy auch, sie hat ziemlich ausweichend geantwortet. Seine Frau würde wahrscheinlich spüren, daß er um sie trauert und so treu an ihrem Grab ausharrt, so ähnlich, und das hat ihm nicht sehr genützt. Er hat oft den Eindruck, als müsse er etwas von sich abschütteln. Als wäre er in ein Spinnweb gelaufen und bekäme es nicht weg. Er weiß nicht, ob seine Frau ihm über die Schulter schaut oder ob er das ist, der sich beobachtet.

Die drei Kunden holen ihr Bier ab. Immy kassiert, einer läßt anschreiben, und sie notiert auf einen Block mit seinem Kundenzettel Datum und zwei Kreuze für das zweite Bier. Ihr Mittelfinger auf dem Kuli ist durchgequetscht, als hätte sie keinen Knochen im vorderen Gelenk. Zwei Männer verlassen die Bar, grüßen, ein Mann tritt ein. Er hat Schneeflocken im Gesicht und auf der Mütze.

Scheiß-Spiel, wiederholt Harry. Er steht auf, sein Glas in der Hand. Daß die Alten uns einstmals hochgepäppelt haben, war die lustigere Arbeit. Wenn *wir* später drankommen, ist es nur noch Krüppelpäppelei und lustig schon gar nicht.

Das hatten unsere Alten aber vorher auch mit ihren Alten, sagt Immy.

Sag ich ja, Scheiß-Spiel. Harry zieht ab unter einen anderen Lichtklecks in der Dämmerung.

Sie tut mir immer noch verdammt leid, weißt du, sagt Mark. Vor allem bei der Kälte jetzt, über ihr die Schneeplacken. Er macht eine Bewegung mit dem Oberkörper, wie jemand, der friert.

Ich hab was gegen Gräber, sagt Immy. Ich finde es gut, daß du hingehst, trotzdem, ich glaube irgendwie nicht, daß sie da noch drin sind. Ich weiß nicht, wie das zugeht, aber wenn das alles wäre, was von ihnen übrig ist ... Gräber sind so verschlossen.

Als Mark jetzt einen doppelten Whisky ordert, zieht sie ihre nachgemalten Augenbrauen hoch und klemmt diesmal auf beiden Seiten die Haare hinter die Ohren. Einmal saßen Fred und Annabelle Stecker mit Mark an der Bar, und Fred fragte: Warum machst du dir keine Spange rein oder sonstwas mit der Frisur? Und Annabelle lachte ihn aus und Immy mit, Frauenwettbewerb, hatte Mark gedacht und daß seine Frau anders war, und Annabelle sagte: Sie hat das aus dem Fernsehen. Die Schauspielerinnen und Models machen es alle, alle stopfen sich jede zweite Minute Haar hinters Ohr. Als wärs nicht absichtlich, daß die Strähnen da raushängen. Es wirkt auf Männer. Es ist irgendwie hilflos und deshalb sexy.

Ich gebe dir deinen Doppelten, aber du solltest vielleicht auch mal was essen.

Dann wirkt er nicht.

Immy schlägt Mark einen *Immy's Extra* vor. Ich weiß gar nicht, warum ich den Gouda überhaupt noch weiterbestelle. Ich machs vielleicht aus Treue zu deiner Frau, als Andenken. Es gibt kaum jemanden, der Käse will. Sie wollte immer welchen.

Ich kaufe ihn dir ab, ehe ich gehe. Irgendwann später zu Haus werde ich ihn essen. Gute Idee, Immy.

Mark bekommt seinen Doppelten, er hat ihn schnell intus, aber er fragt doch nicht nach den Gräbern und den Toten, die anderswo sind. Wenn der andere Mann da ist, krieg ich keinen Kontakt zu ihr, sagt er. Da, wo sie liegt, ist es verdammt eng. Verdammt, ich hätte mehr mit ihr rausfahren sollen, solang das noch ging. Sie liebte Landschaft und so was, die Natur, du weißt schon.

Man macht sich immer hinterher Vorwürfe, sagt Immy. Das ist normal. Meine Tante Do machte sich welche, weil sie ihre alte Schwester so oft anschrie, sie tat es nur aus Panik, hat sich für sie abgerackert rund um die Uhr, das war ein miserables Wechselbad, eben noch hat Do sie mit Marshmallows gefüttert, dann mußte sie den Notarzt rufen, wirklich, Mark, das war Liebe, ein einziges großes Opferfest der Liebe, und doch sagt sie mir, es ist ihr peinlich, wenn sie *Hochzeit in Pink* sieht, die ganze Serie, alle Folgen zum hundertsten Mal, oder sonstwas sieht, das sie ablenkt. Man macht sich immer Vorwürfe, alle tun es.

Ich hätte sie rumfahren sollen, daran ist nichts zu rütteln.

Immy schweigt diesmal dazu, sieht so aus, als wäre sie doch auch ein bißchen seiner Meinung. Und Arbeit hat seine Frau ihm auch keine gemacht, Mark hat nicht wie Tante Do Nachtwachen im Sessel am Krankenbett gehalten und hat sich keine Wadenkrämpfe geholt; seine Frau wurde ins St. Martin's eingeliefert, und das Pflegepersonal hat die Verantwortung übernommen.

Sie hat sich nie über dich beschwert, Mark, sagt Immy.

Ich saß ja auch immer mit am Tisch, wenn wir bei dir waren. Mit einem Gefühl der körperlich-geistigen Dankbarkeit und mit Respekt spürt Mark den Whisky, er wird noch einen nehmen, der Whisky räumt sein unordentliches Gehirn auf.

Ich weiß nicht, ob sie dir das erzählt hat, aber wir haben uns mal allein getroffen. Es war in der Mittagszeit, am John-Foster-Dulles-Platz, und sie brauchte jetzt auch schon links eine Krücke, hat aber noch Kleinigkeiten eingekauft ...

Sie wollte damals einen Rucksack, stimmt. Ja, mach weiter. Mark fühlt sich gut. Meistens weiß er nicht, was er mit Erinnerungen anfangen soll. Meistens stimmen sie ihn trübe. Jetzt nicht.

Ja, und wir sind gleich ins *Select* auf einen Kaffee gegangen, und da haben wir auch über dich gesprochen. Von Vorwürfen habe ich nichts gehört, kein Wort. Aber sie hat gemacht, was sie sonst nie gemacht hat, sie hat über sich was gesagt, nicht viel, aber es war was sehr Persönliches. Sie hatte damals schon das Cortison-Gesicht. Und sie sagte: Ich habe keine Mimik mehr. Ich kann zum Beispiel nicht mal mehr traurig aussehen. Ob ich das merke, hat sie gefragt, und ich habe gesagt: Doch, jetzt siehst du traurig aus. Und das war leider nicht gelogen. Sie blickte, und das war einfach zu viel für Leute, die sie gern hatten, denn ihre Augen blieben ausdrucksvoll, sie blickte mich an, und zwar todtraurig und fragend. Immy schiebt diesmal die Whiskyflasche rüber und sagt, das wäre jetzt wie in einem Western. Wenn man sich im Gesicht verändert, ist es besonders schlimm. Ihr Gesicht war immer straff. Ich hatte doch damals diese dicke Backe links, zwei Tage nur, und die kamen mir lang vor, und dann schwoll sie ab, und allen Leuten rief ich schon, ehe sie mir nah kamen, zu, das ist ein Ödem, ich hab Kieselsteine im Ohr. Es war was mit der Ohrspeicheldrüse, und ich versuchte, nur von Flüssigem zu leben, denn beim Kauen kriegte ich diesen riesigen Balg vom Ohr aus bis runter über die Kinnlade.

Mark muß plötzlich an den kalten Friedhof denken und daß er am Freitag wieder hingehen und bestimmt wieder lang warten muß, bis der andere Mann fertig ist. Seit das Nachbargrab auch besetzt ist, steht der andere Mann davor. Er ist in seinem Alter, ungefähr. Mark kann nicht mit ihm zusammen irgendwie in Stimmung kommen, andächtig werden, und jetzt fragt er sich, ob er das überhaupt noch hinkriegt, das Gefühl von Nähe, das er im ersten Trauerjahr hatte. Er läuft die Wege zwischen den Gräbern hin und her und späht nach dem andern. Beim ersten Mal war der zuerst da, und Mark hat sich neben ihm aufgestellt, jeder an seinem Platz, und er mußte denken: Wie im Pissoir. Dieselbe Stellung. Er hat das Immy erzählt. Sie fand damals schon, und sie wiederholt es oft, Mark sollte mit dem andern reden. Er ist in deinem Alter, vielleicht hat er ein ähnliches Schicksal, er kommt ja auch allein, also ist es wie bei dir und sicher seine Frau da im Nachbargrab. Oder sie sagt: Vielleicht gehts ihm wie dir, und ihr stört einer den andern. Vielleicht, bis ihr euch mal ausgetauscht habt.

Mark hat sich aus der Whiskyflasche bedient. Er fühlt

eine freundschaftliche Strömung, sie zieht durch seinen Körper, und sein Kopf wird immer klarer. Ich fange jetzt doch an, ihre Sachen durchzusehen, sagt er.

Endlich. Das ist gut. Mach weiter damit, es ist fast drei Jahre her. Immy hätte jetzt nichts zu tun, aber sie muß immer etwas tun; sie holt Flaschen aus dem Regal hinter ihr, wischt sie ab.

Ich habe ein Gedicht bei ihr oben in der Kleenex-Packung gefunden. Mark fingert nach seiner Brieftasche. Er findet den Zeitungsausschnitt, überreicht ihn Immy, die aus ihrer prallen kleinen Tasche die Lesebrille holt. Sie streicht Strähnen hinter die Ohren, setzt die Brille auf, liest vor: »Robert Frost: ›The woods are lovely, dark, and deep,/ But I have promises to keep,/ And miles to go before I sleep / And miles to go before I sleep.‹« Sie blickt aufs Papier, dann Mark an und sagt: Es ist eigenartig, irgendwie seltsam. Den letzten Satz schrieb er zweimal. Aber es hat was.

Finde ich auch.

Es paßt zu ihr. Und daß sie mit keinem drüber redete. Daß auch du es nicht wußtest.

Mark glaubt nach all der zergrübelten Zeit, daß er wenig von ihr wußte.

Ob sie an sich dachte? Immy hat die Brille abgesetzt und wieder in Futteral und Tasche verstaut. Sie wischt wieder Flaschen ab. Ein Mann braucht ein Bier und läßt anschreiben, und Immys weicher knochenloser Zeigefinger quetscht sich wieder auf dem Kuli durch. Mit dem, daß sie Meilen und Meilen gehen muß, bevor sie endlich schlafen kann? An sich mit der Krankheit gedacht?

Glaub schon. Es fällt Mark jetzt mit dem Whisky-Kopf nicht schwer zu sagen: Ich dachte gerade, wie wenig ich von ihr wußte. Er kann sogar zugeben, daß er sich deshalb schuldig fühlt. Daß er das schlimm findet. Schließlich haben sie länger miteinander als ohne einander gelebt. Aber er weiß, er bekennt das, weil er mit Immys Trost rechnet.

Und schon tritt das Erwartete ein, Immy klingt beschwichtigend: Keiner wußte viel von ihr. Sie war eine Stille, hat nicht viel geredet und schon gar nicht über sich selber. Und du bist auch nicht gerade ein großer Redner. Sie war still. Stilles Wasser.

Mit dir rede ich an einem Abend mehr, als ich es in einem Monat mit ihr getan habe. Mark tut sich als Selbstankläger Gutes an.

Wir reden *von* ihr, Mark, die ganze Zeit. Immy macht ein ernstes Gesicht. Das ist, als würdest du *mit* ihr reden, ich meine, du holst da jetzt was nach. Sie seufzt. Sie sagte wenig, aber man wußte trotzdem irgendwas Wichtiges über sie. Daß sie Tiefgang hatte. Stille Wasser sind tief. Das ist es, was man wußte. Das hielt einen auf Distanz. Ich glaube in diesem Moment ganz plötzlich, es hatte was mit Ehrfurcht zu tun. Erklären könnte ich dir das nicht. Es ist so ein Gefühl.

Es ist gegen sieben, und die Bar wird leerer. Immy muß abrechnen, Geld herausgeben, wechseln, mit den Männern scherzen, immer wieder *Machs gut, machs besser, bis bald* rufen und Ehefrauen grüßen lassen; kalte nasse Luft weht bis zum Bartresen, und dann kommt Annie Webber. Während sie ihren bestaunenswerten Körper schon ächzend auf den Barhocker hievt, hat sie noch gefragt: Darf ich, ihr zwei Schätzchen? Wie dick genau sie ist, wüßte jeder gern, sie muß gewaltig dick sein unter ihren bronzefarbenen Stoffschichten, herauszufinden ist es nicht. Auch nicht im Sommer. Sie trägt lange weite Röcke bis kurz über die Knöchel und darüber ein vielschichtiges Gehänge aus Blusen, Jacken langen Schals und Tüchern. Heute kommt sie vom Taubenzüchterverein, am frühen Nachmittag haben die Kaninchenfreunde ihre Lieblinge für den jährlichen Wettbewerb schön gemacht, und eine Jury hat den Sieger mit vier zu eins und einer Stimme Enthaltung gewählt und prämiert. Annie arbeitet für die örtliche Zeitung, in sämtlichen Ressorts, ergänzt sie, wenn jemand sie nur oberflächlich anderen vorstellt. Auf ihrem runden Kopf sind enge klebrige Locken heute auch bronzefarben, sie kommt immer wieder auf Bronze zurück. Zwischen ihrer Stola und dem Tuch darüber baumeln Fotoapparate.

Darüber, daß Mark neuerdings am Grab seiner Frau durch einen anderen trauernden Mann, der vor dem Nachbargrab steht, gestört wird, haben sie und Immy und, einsilbig, auch Mark schon gesprochen. Marks Frau hatte Annie gern. Sie sagte, Annie ruhe in sich. Sie sähe verschmitzt aus. Ihre kleinen schwarzen Augen würden funkeln, und wenn sie nicht so dick wäre, könnte sie an Catherine Mansfield erinnern. Seine Frau hat viel gelesen. Mark hat den Vorsatz noch nicht ausgeführt, in ihren Büchern zu lesen.

Mr. Polen ist ein weißes Monster, und ich frag mich, ob sein Züchter ihn mit seiner Familie eines Tages aufißt. Annie hat erzählt, daß der Sieger des Kaninchenwettbewerbs aus Polen stammt. Sie suggelt an ihrem Malt Whisky. Am Abend muß ich noch mal los, ich habe noch eine Bürgerinitiative.

Worum gehts denn diesmal? fragt Immy.

Umgehungsstraße Nordring, das alte Lied, sagt Annie.

Mark findet Annie erstaunlich. Sie hat einen Haufen Arbeit, und die muß, weil sie bei der Presse ist, schnell gehen.

Trotzdem verströmt sie Gemächlichkeit. Sie rät ihm, mit dem Mann am Nachbargrab zu reden.

Er und ich nebeneinander, das ist wie im Pissoir, er hält auch die Hände so ähnlich wie beim Pinkeln. Ich glaube, er betet, sagte Mark. Er betet, tief unten. Hat lange Arme.

Das wäre nicht das Schlechteste, beten, sagt Annie, und Immy stimmt zu.

Mark sieht wieder den kalten Friedhof, die Schneeplakken, Grabsteine, den unbehauenen Granitblock mit den eingemeißelten Daten und dem Namen seiner Frau, und daß sie nur ein Holzkreuz wollte, muß er denken, und daß er die Kälte *sieht*, die kalte Luft kann er *sehen*. Zwei trübe stumme verlassene Männer, ungefähr im gleichen Alter.

Harry Mull ist unter den letzten, die gehen. Bis zur Nachtschicht könnte Immy sitzen und etwas essen, aber meistens kommt doch noch der eine und der andere herein, das sind die, bei denen keine Hausfrau das Essen auf den Tisch stellt, und sie muß die Mikrowelle kontrollieren oder Eier braten und an den Tischen bedienen. Sie bietet Mark wieder ein *Immy's Extra* an, doch Mark bleibt noch beim Whisky. Trotzdem wird er Maß halten. Harry klopft ihm auf die Schulter: Scheiß-Spiel das Leben, mach dir das klar, mit dem Durchblick hast du es leichter. Gegen die Alten kannst du nichts machen, die sind vor uns da, man hängt drin, wenn man das tolle Licht der Welt erblickt ... mitgehangen, mitgefangen, die allseits gerühmte Liebe hat dich sofort fest im Griff. Aber keiner warnt uns vor neuen Bindungen, vorm Heiraten, verdammt, du verliebst dich eines Tages und kennst dein Risiko nicht, du weißt nicht, wie hoch du pokerst, kriegst dann auch deine Jungen, und das Karussell dreht sich.

Seht an, was für ein Philosoph! Der gute alte Harry, sagt Annie, sie tätschelt seinen Jackenärmel.

Ein Spielverderber, sagt Immy. Brauchst du noch einen Absacker?

Verdammt sei die Liebe, sagt Harry. Danke nein, ich nehme nichts mehr, meine Herzdame wird sowieso schon auf hundertachtzig sein und mir irgendwas Angebranntes servieren. Verdammt sei die Liebe.

Immy und Annie haben über Harry den Kopf geschüttelt, jetzt tadeln sie ihn und lachen ihn aus: Sie denken anders über die Liebe. Mark weiß, daß beide Frauen Grund hätten, sich über sie zu beschweren. Trotzdem bleibt die Liebe für sie das Schönste.

Und die Treue, sagt Immy.

Treue? Annie schiebt ihr leeres Glas über den Tresen. Ihre kleinen schwarzen Augen im gemütlichen Gesicht erinnern Mark an Mistkäfer. Seine Frau hat, das ist Jahrzehnte her und sie machten noch Spaziergänge im Nordwald, Mistkäfer von der Wegmitte zurück ins Laub vor Fußtritten und Fahrradermordungen gerettet. Treue? Tut mir leid. Hatte nicht das Vergnügen, ihre Bekanntschaft zu machen.

Du warst ja selber keinem treu, sagt Harry, und dann steigt er von seinem Barhocker und zieht ab. Machts gut!

Machs besser! Grüß Ella schön! Immy erledigt den Abschied.

Robert war ichs, sagte Annie zu keinem, sie lächelt vor sich hin, das macht sie meistens, sie fixiert eine Flasche im Regal oder es sieht nur so aus. Vielleicht sieht sie Robert, dem sie treu war.

Immy seufzt. Plötzlich wirkt sie glanzlos, ihr hellblondes Haar, das eben noch locker und seidig fiel, ist fettig, so kommt es Mark vor. Er denkt, sie wird erschöpft sein. Sie wird sich an ihre zwei schlechten Erfahrungen mit Männern erinnern. Zur Zeit ist sie mit keinem eng liiert. Sie sagt immer, so gut hätte sie sich noch nie gefühlt, noch nie so unbesorgt. Als spüre sie Marks Blick und seine Diagnose, sagt sie: Ich bin im Sinkflug. Sie angelt sich mit dem rechten Fuß um ein Stuhlbein den Stuhl vorm Regal und zieht ihn näher an den Tresen, setzt sich, streckt sich schräg aus, schiebt die Beine von sich, atmet durch. Ich mach uns was zu essen, was meint ihr?

Ich bin auf Diät, sagte Annie.

Ich auch, sagt Immy. Aber ich habe Hühnersalat da, der ist leicht, es ist nicht so viel Mayonnaise dran bei dieser Firma.

Dann gib her. Annie sagt, sie sei ausgehungert.

Und was ist mit dir? Immy blickt auf Mark.

Ich glaube nicht, daß ich welchen will. Mark fragt sich, ob Immys Sinkflug ihn angesteckt hat. Eins von beiden müßte er jetzt haben: Appetit oder Whisky-Durst. Er hat weder noch. Er müßte sich aufraffen, aber die Gesellschaft der Frauen tut ihm gut, und die leere Wohnung wird ihm schaden, mehr als sonst nach dem Friedhof. Sein Mund ist trocken. Er raucht, das Camel-Päckchen macht die Runde. Er hat einen schlechten Geschmack auf der Zunge. Immy wird von nun an nicht mehr von seiner Frau reden. Auch nicht, wenn Annie zu ihrer Bürgerinitiative aufgebrochen ist. Er hat die Zeit überschritten. Ich sollte gehen, sagt er.

Das wäre unhöflich. Du könntest mich bis zum Parkplatz begleiten. Mark liebt Annie in einem kurzen Schub für diese Einladung zum Hinauszögern. Trotzdem, es ist besser, wenn er sich davonmacht. Nur sollten die zwei Frauen ihm noch irgendwas Persönliches mit auf den Weg geben. Er macht einen Versuch: Sie hatte Schnee gern. Schneefall in der Dämmerung.

Und Nebel, den hatte sie auch gern, sagt Annie. Alles, was fürs Autofahren tückisch ist. Immy, vergiß nicht unseren Hühnersalat. Annie ist schon spät dran, aber sie wird wieder die Ruhe bewahren, sie sagt, sie kann in den Saal kommen, wenn die Leute von der Bürgerinitiative denen von den städtischen Behörden schon Schimpfwörter entgegenschmettern.

Sie war eine gute Autofahrerin. Sie hats spät gelernt, und trotzdem, sie war ein Naturtalent. Sie fuhr besser als ich, sagt Mark. Er findet, *besser* genügt nicht. Er würde gern sagen, sie fuhr mit Grazie, aber es kommt ihm so vor, als hätte er überhaupt keinen Whisky getrunken und auch kein Bier, und riskiert es nicht.

Immy wirtschaftet in der Kabuse hinter der Bar, die sie *Bordküche* nennt. Sie ist in Strümpfen gegangen. Ihre ausgetretenen Pumps stehen weit auseinander rechts und links vom Stuhl, auf dem sie gesessen, und genauso, wie sie sie von den Füßen gestoßen hat. Es schneit in dem Film, den du dir nach dem Friedhof immer reinziehst, ruft sie und zur Erklärung für Annie: Olivia de Havilland und Jane Wyman als Zwillingsschwestern. Es war der Lieblingsfilm von Marks Frau.

Kenn ich, sagt Annie, und Jane Wyman ist die Gute. Ich glaub aber, es spielt im Sommer.

Das ist der, in dem Bette Davies diese Spieldose mit *Sweet Charlot* hat. Und wo sie auf ihren Liebhaber wartet bis zum Geht-nicht-mehr. In dem Film ist sie nicht wie sonst immer die Böse, sie wird schrullig und spielt *Sweet Charlot* ab, und eine dichte Allee mit niedrigen Ästen führt zum Herrenhaus, in dem sie allein lebt, es ist im Sommer, und die Allee ist wie ein Kirchenschiff. Immy sagt, wie sehr sie das Mitsingen im Chor vermißt und daß der Bette-Davies-Film auch ein Lieblingsfilm von Marks Frau gewesen ist, und *Casablanca* wäre ihrer. Sie summt die Melodie, die Ingrid Bergman und Humphrey Bogart zusammenschmiedet. Das Leitmotiv für ihre große Liebe, aber sie kommt jetzt nicht auf den Text, und Annie ruft in die Bordküche: Männer machen sich nicht viel aus dem Küssen, Frauen aber, und deshalb spielen sie mit, und die Frauen spielen bei dem andern mit, weil es das und sonst nichts ist, worauf die Männer aus sind, die Frauen aber überhaupt nicht. Das Ganze ist eine große Schwindelei, und trotzdem hat Harry Mull nicht recht, und als Gefühl ist die Liebe das Beste. He Mark, keiner verlangt, daß du dauernd auf den Friedhof pilgerst, zuallerletzt hätte *sie* es gern, weil es dich immer wieder zurückwirft und du doch nur jedesmal danach wieder so trübsinnig davon wirst. Geh nur ab und zu hin, es ist fast drei Jahre her.

Annie hat recht, es wäre nicht in ihrem Sinn. Das hier aber! Immy kommt angeschlurft, ohne ihre Pumps sieht sie etwas untersetzt aus, und sie überreicht Mark ein längliches, in Alu-Folie gewickeltes Päckchen. *Immy's Extra.* Iß das zu Haus. Iß es auf ihr Wohl.

Danke, Immy, danke. Wird gemacht. Mark stopft das glitzernde Päckchen in die rechte Innentasche seiner geräumigen Jacke. Er klinkt den Reißverschluß ein und zieht ihn bis oben hoch, fast bis übers Kinn.

Auf den Fußspitzen geht Immy noch mal in den Küchenverschlag, mit zwei Pappschalen Hühnersalat kommt sie zurück, diesmal auf den Ballen. Sie setzt sich auf den

Stuhl, sie massiert sich bald den einen, bald den andern Fuß. Iß ihn langsam, Annie, er ist noch eiskalt, sagt sie.

Weißt du was? sagt Annie und rührt mit der Gabel im Hühnersalat. Du solltest Gemüse-Burger ins Programm nehmen. Ich hatte welche im *Chicken-Hut*. Du kannst sie trotz Diät gut mal zwischendurch essen, wirklich. Sie müssen nur kurz in die Mikrowelle.

Zeig mir erst mal den Mann, der so einen Burger ordert, sagt Immy.

Also dann, sagt Mark. Guten Appetit, ihr zwei.

Bis morgen, sagt Immy, und Annie sagt: Bis übermorgen. Morgen bin ich auswärts. Falls das Wetter mitspielt.

Mit dem Friedhof habt ihr vielleicht recht, sagt Mark, dem es immer noch schwerfällt aufzubrechen. Er wünscht sich, daß die zwei Frauen sich noch einmal ernsthaft mit ihm befassen. Ich würde vielleicht nicht mehr ewig rumlaufen, bis der andere Mann endlich weg ist, wenn er weg ist, krieg ich ja auch nicht mehr den richtigen Kontakt mit ihr, aber er ist verdammt nicht meine Wellenlänge.

Woher willst du das wissen? Klingt, als hättest du allein die Trauer gepachtet. Du hast das Unglück nicht erfunden. Immy und Annie finden, er rede wie ein Snob.

Er ging damals nicht weg, als ich der erste am Grab war. Er hat sich neben mich gestellt. Da kam dieses Pissoir-Gefühl auf, und ich mußte an früher denken, wenn ich mit meinem Schwager runter zum Fluß Angeln fuhr und er, kaum war ich zum Pinkeln weggegangen, mitkam und sich neben mich stellte.

Annie muß lachen, sie prustet los.

Männer sind so, sagt Immy. Nimm den andern, wie er ist. Vielleicht läßt er sich nicht stören, hört und sieht nichts, ich meine, weil er ja noch neu ist in dem Geschäft, ich meine: als Witwer. Falls das bei ihm auch seine Frau ist im Grab.

Vielleicht, sagt Mark. Vielleicht wärs besser, ich sag ihm Guten Tag und fertig.

Vielleicht kann er sich nur besser konzentrieren, sagt Annie. Mach uns etwas Musik, Immy.

Was willst du hören? Immy hat keine Lust aufzustehen.

Georgie Wolbert? Annie ist unentschlossen. Nicht so wichtig. Doch, Mark, fang damit an, den andern zu grüßen. Und irgendwann kommt ihr ins Gespräch.

Wenn er betet, Mark, wirklich, das wäre nicht das Schlechteste. Denk drüber nach. Vielleicht wäre das die Lösung. Vielleicht wäre er ein Kamerad. Immerhin, er ist ein Leidensgenosse.

Die zwei Frauen schütten sich Ketchup über den Hühnersalat, damit er schneller warm wird. Die Jukebox bleibt stumm.

Ich zieh endgültig ab, sagt Mark. Was bin ich dir schuldig, Immy?

Er legt die gepolsterten Handschuhe auf die Theke, hält die Brieftasche bereit, aber Immy sagt, sie wäre zu faul, aufzustehen, sie würde es anschreiben. Und der *Immy's* ist vom Haus. Gratis. Sie lächelt. Sie zapft sich ein Bier. Ein paar Bier machen sie nicht taumelig, sie wird fit für die Nachtschwärmer sein.

Danke, Immy. Verdammt lieb von dir. Machts gut, ihr zwei. Mark geht zur Tür.

Bis dann. Die zwei wollen noch wissen, wie es mit dem Schnee aussieht.

Es schneit, berichtet Mark. Es läßt die Autoschlüssel aus dem Etui fallen.

Und red mit ihm. Vielleicht hilfts, ruft Immy.

Vielleicht, ruft Mark. Er stapft weg, stampft bei jedem Schritt auf, um den Schnee wegzubekommen. Obwohl das sinnlos ist mitten in einem dichten Schneefall. Nach ihrem Geschmack, denkt er. Er hat jetzt Lust auf den *Immy's Extra*. Seine Frau hat ihn oft mal abbeißen lassen wollen, aber er hat es nie getan.

Copyright © Pendo Verlag GmbH
Zürich 2004
Umschlaggestaltung: Charlotte Löbner, Mainz
Umschlagabbildung: © Getty Images, Steve Allen
Gesetzt aus der Adobe Garamond
Satz: Fuldaer Verlagsagentur, Fulda
Druck und Bindung: Druckerei Pustet, Regensburg
Printed in Germany
ISBN 3-85842-576-1

Das herausragende literarische Debüt einer Schweizer Autorin

Ursula Fricker
Fliehende Wasser
Roman
176 Seiten · geb. mit SU
sFr 32,– · € 16,90
ISBN 3-85842-575-3

Mit achtzehn verliebt sich Simon in den Verlobten einer Bekannten. Statt seiner Neigung nachzugeben, tut er, was von ihm erwartet wird: Heirat, zwei Kinder, Fabrikarbeit. Durch Zufall gerät er an die Schriften einer Lebensreformbewegung, die durch Verzicht totale Gesundheit verspricht. Kompromisslos muss die Familie die Regeln befolgen. Seine Tochter Ida, abgeschottet gegen alle »verderblichen« Einflüsse, ist hin- und hergerissen zwischen Loyalität und Verrat. Bis sie Gott bittet, den Vater doch endlich fortzunehmen ...

Mit bewundernswerter Souveränität macht die Autorin das scheinbar Unverständliche verständlich. Mit ihrer klaren Sprache und einem konzessionslosen Blick erzählt Ursula Fricker die dramatische Geschichte so spannend, dass man das Buch nicht mehr aus der Hand legen möchte.

Pendo
www.pendo.ch
Forchstraße 40 CH - 8032 Zürich
Fon 0041 / 1 / 389 70 - 30
Fax 0041 / 1 / 389 70 - 35

Das ergreifende literarische Zeugnis eines Abschieds

Gabriele Wohmann
Abschied von der Schwester
144 Seiten · geb. mit SU
sFr 34,– · € 17,90
ISBN 3-85842-396-3

»Abschied von der Schwester« basiert auf eigenen Erfahrungen und ist Gabriele Wohmanns bisher persönlichstes Buch. Sensibilität und Authentizität prägen die Texte, in denen sich die Autorin mit der Krankheit ihrer Schwester auseinandersetzt. Entstanden ist ein Band, der persönliche Erfahrung und großes literarisches Können auf bewegende Art verbindet.

»Eine unbestechliche Beobachterin, die in knappen, von Ironie erhellten Sätzen, kühl exakt ihre Beute einbringt.«
Die Zeit

pendo
www.pendo.ch
Forchstraße 40 CH - 8032 Zürich
Fon 0041 / 1 / 389 70 - 30
Fax 0041 / 1 / 389 70 - 35

»Die Erzählungen sind kleine Kabinettstücke.«
Stuttgarter Zeitung

Gabriele Wohmann
Bleibt doch über Weihnachten
Erzählungen
155 Seiten · Pappband
sFr 19,80 · € 9,90
ISBN 3-85842-415-3

An Weihnachten kommt niemand vorbei – das zeigt Gabriele Wohmann mit ihrer scharfsinnigen Erzählkunst in jeder einzelnen Geschichte dieses Bandes. Die Weihnachtsfeier wird zum Kristallisationspunkt. So sehr sich ihre Figuren auch auflehnen, das Fest ignorieren oder umdeuten möchten, letztlich können sie sich diesem mit Erwartungen, Hoffnungen und Erinnerungen aufgeladenen Tag nicht entziehen.

Gabriele Wohmann erweist sich auch in diesem Buch als unbestechliche Menschenkennerin und meisterhafte Erzählerin, die uns anhand ihrer skurrilen, liebenswürdigen und tapferen Charaktere einen Spiegel vorhält.

»Dieses Buch zählt zum Stärksten, was die Autorin in den letzten Jahren geschrieben hat.« **Darmstädter Echo**

pendo
www.pendo.ch
Forchstraße 40 CH - 8032 Zürich
Fon 0041 / 1 / 389 70 - 30
Fax 0041 / 1 / 389 70 - 35